PiliPala

PiliPala

CATRIN DAFYDD

Gomer

I
Haulwen a Megan –
Mam-gu a Nain

Cyhoeddwyd yn 2006 gan
Wasg Gomer, Llandysul, Ceredigion SA44 4JL
Ail argraffiad – 2007

ISBN 978 1 84323 706 8

Dymuna'r cyhoeddwyr gydnabod cymorth
Cyngor Llyfrau Cymru.

Argraffwyd a rhwymwyd yng Nghymru gan
Wasg Gomer, Llandysul, Ceredigion

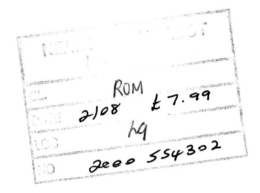
'Bydded i'm stori fod yn brydferth
gan ymddatod fel edafedd hir'

[Cyflwyniad fformiwlaig safonol, yr hyn y mae cantorion gwerin Kabyle
ym mynyddoedd Algeria yn 'i ddweud cyn dechrau adrodd eu straeon.]

1

Felly beth yn union yw'r holl ffys 'na ynglŷn â dod i Gaerdydd ar ôl graddio? Gradd têc-awê Prifysgol Cymru cyn neidio ar y trên grêfi i'r ddinas fawr? Y ddinas fawr, lle mae 'pawb' yn byw. Llond y lle o freuddwydion, a dim yn digwydd.

Crychodd Anest 'i thalcen. Sut o'dd hi'n mynd i gyfleu golau'r bryniau gyda'r tipyn paent oedd ganddi? Y? Roedd popeth wedi mynd o'i le yn ddiweddar, nagodd? Gwthiodd y brwsh paent yn ddyfnach i'r pot o ddŵr brown. Dyna oedd 'i bywyd hi hefyd. Dŵr cymylog, llugoer. Ro'dd gwylio *Planed Plant* yn ystod 'i hawr ginio yn swyddfa cwmni Fflicio wedi dod yn ddefod ddyddiol ac ro'dd hi'n 'itha mwynhau hynna, yn gweld haenau o ystyr lle nad oedd dim. A gweud y gwir, ro'dd yn well ganddi raglenni plant yn y Gymraeg nag unrhyw rhaglenni 'o ddifri'. Mor dost o ddifrifol. Efallai nad beirniadaeth arni hi oedd hynny wedi'r cyfan. Mae'n debyg, meddyliodd, fod pawb yn cymryd 'u hunain ormod 'o ddifri'.

Do'dd dim byd o wir sylwedd wedi digwydd i Anest ers iddi bacio'i bagiau a gadael y neuadd breswyl, a hynny ryw dair blynedd yn ôl. Newydd adael oedd hi, ie? Newydd ddechre tyfu lan a bod yn oedolyn. Bod yn oedolyn! Ro'dd yr holl beth yn swnio mor hurt. Ond beth o'dd diben bod yn isel ynghylch 'i bywyd beth bynnag? Ro'dd bywyd yn ocê heblaw bod amser i feddwl – dyna o'dd y peth gwaetha; dyna o'dd ganddi. Ie ie, gormod o amser i feddwl. Ac eto, dylai fod yn meddwl am bethau mawr erbyn hyn, meddyliai. Ro'dd hi'n ddigon hen nawr. Dylai fod yn darllen nofelau, y clasuron; dylai fod yn deall beth yw ystyr pethau. Dylai gael gwared ar 'i theledu, dylai fod yn byw fel cymeriadau 'i holl hoff ffilmie hi. Ym Mharis. Teimlai 'i chalon yn drwm; ro'dd hi'n gwybod na fyddai hi'n newid, er 'i bod hi'n ysu am gael gwneud yr holl bethau hyn. A dyna pam ei bod hi'n gwneud shwd ymdrech i fynd i'r gwersi arlunio hyn hefyd. Man a man iddi gyfaddef ddim. Roedd hi am ddychmygu 'i bod hi ym Mharis, yn cerdded i'w dosbarth nos, a'i ffeil o luniau dan 'i chesail. A dweud y gwir, dyma hi'n dechrau teimlo'n reit *arty* wrth gerdded drwy strydoedd Caerdydd. Gallai glywed cloch eglwys yn y cefndir. Ro'dd hi wedi'i darbwyllo'i hun 'i bod hi'n byw bywyd soffistigedig, Ewropeaidd, hyd nes i fachgen mewn tracsiwt, a chanddo chwe chadwyn aur am ei wddf, beswch a phoeri wrth 'i throed chwith. Yn sydyn, ro'dd hi'n ôl ar y stryd ar 'i ffordd i ddal bws i'r wers. Siopau tsips yn agor am y nos, y gornel lle cusanodd hi Alun o Accounts ar ôl y parti Dolig, a golau oren y lampau stryd yn tinclan mewn pyllau dŵr brwnt llawn pecynnau creision gwag. Ac yn waeth na gweld y nos yn cyrraedd uwchlaw, roedd du yn gymysg â llwyd a'r glaw yn dechrau pigo yng ngwreiddiau'i gwallt.

Cymerodd saib a thynnu'i llygaid oddi ar y llun o Doscana o'dd o'i blaen er mwyn llygadu'r criw brith o'dd wedi casglu yn y dosbarth nos. Pob un â'i frwsh 'i hun, 'i fwriad 'i hun. Pob un wedi dod er mwyn anghofio mai nos Fawrth wlyb o'dd hi, a'r mis Mehefin tanbaid yr oedden nhw wedi breuddwydio amdano yn prysur olchi i ffwrdd yn y potiau jam. Y mis Mehefin oedd wedi cadw pawb i fynd yn ystod misoedd tywyll y gaeaf. Y mis Mehefin plentyndod hwnnw y mae pawb yn 'i gofio rywsut. Doedd hi ddim chwaith fel petai'r criw yn haeddu cael 'i alw'n griw. O beth welai Anest, hwn o'dd y criw mwyaf di-fflach a welodd hi ers tipyn. A doedd neb yn glên wrth 'i gilydd chwaith. Roedd hyn yn wahanol iawn i'w gwersi Sbaeneg hi llynedd; roedd pawb yn fan'na'n glên – ac yn lot gwell na hi hefyd. Dyna pam, hwyrach, nad a'th hi yn ôl ar ddechrau'r ail dymor. Ond na, fan hyn ro'dd pethau'n wahanol. Pob trwyn plorynnog, Rhufeinig a smwt yn gwasgu yn erbyn eu papur blotio, yn anwybyddu pawb a phopeth ond 'u gwaith nhw'u hunain. Achos, wedi'r cyfan, ro'dd pob un ohonyn nhw am fod yn enwog rhyw ddydd. Rhywun yn mynd i'w ddarganfod, yn mynd i'w gorfodi i adael 'u swyddi ceiniog-a-dime. O dalentog rai!

Do'dd Mrs Blanche, 'i hunig ffrind, ddim wedi mentro drwy'r glaw heno chwaith. Yr un person oedd yn y dosbarth ag unrhyw arlliw o garisma'n perthyn iddi. Hi oedd unig gysur Anest. Byddai'n cywilyddio weithiau wrth feddwl 'i bod hi wedi gwneud ffrindiau gyda menyw ddeg a thrigain mlwydd oed. Cywilyddio drachefn 'i bod hi wedi meddwl y fath beth. Beth o'dd yr ots beth o'dd 'i hoedran hi? Roedden nhw wedi clicio. Dyna fe, end of story. Rhyfedd, meddyliodd Anest, fel mae pobl yn gallu clymu at 'i gilydd weithiau, fel 'taen nhw'n deall 'i gilydd er nad ydyn nhw'n gwybod dim am 'i gilydd mewn gwirionedd. Ro'dd Anest yn mwynhau hyn. Byddai'n digwydd weithiau. Weithiau.

Eisteddodd yno, a chwyddodd 'i gwefusau, fel mae rhai menywod yn dueddol o'i wneud. Dechreuodd ddychmygu 'i bod hi mewn ffilm. Syllodd ar bawb a dychmygu 'u bod nhw i gyd yn Ffrancwyr, yn Parisienne. Roedd modd eu diodde nhw felly rywffor'. Yn sydyn, ro'dd ganddyn nhw i gyd stori i'w hadrodd. Ro'dd Anest yn hoffi'r syniad 'i bod hi mewn ffilm. On'd o'dd pawb o'i hoedran hi'n meddwl 'u bod nhw mewn ffilm weithiau? Neu o leia mewn fideo cân bop? Gwyddai Anest taw hi oedd un o'r gwaetha am wneud hyn. Tra byddai'n teithio ar y bws i'r wers byddai'n rhoi'i chlust-ffonau yn 'i chlustiau ac yn troi'r MP3 ymlaen ac yn chwarae cân gan Datblygu. Yna byddai'n chwyddo'i gwefusau ac yn dychmygu camera yn 'i dilyn a'i hastudio. Hithau ar fws 142 o Canton. Pathetig braidd, ond dyna un o bleserau bywyd. A dyna pam ro'dd hi'n hoff o fod yng nghwmni Mrs Blanche hefyd. Ro'dd hi'n teimlo fel petai mewn rhyw fideo artistig (du a gwyn wrth gwrs) am gyfeillgarwch hen fenyw a merch ifanc bert ym Mharis, ond mai yng Nghaerdydd oedden nhw, a'i bod hi'n piso bwrw.

Mrs Blanche o'dd mam fabwysiedig Anest yng Nghaerdydd er 'i bod hi'n lawer mwy o ffrind na'i mam go-iawn, Mami Castell-nedd. Nid nad oedd Mami'n fam dda, dim ond ei bod hi'n fwy ceidwadol rhywsut, yn debycach i Anest. Ro'dd Mrs Blanche bron iawn yn creu Anest newydd, yn 'i gwneud hi'n fwy ddiddorol, yn 'i gwneud hi'n *arty*. Ro'dd y ddinas yn gallu mynd yn ormod o straen, yn ormod o strach weithiau, pob to a phob tŷ yn gallu boddi dyn mewn sment ac arogl cyrri a Cantonese ac ro'dd hi'n braf ca'l rhywun i edrych ar 'i hôl hi, mewn ffordd. Rhyw lygaid gwyliadwrus, rhyw hen ben yn y ddinas fawr ddrwg. Ac wedi dweud hyn i gyd, dim ond ers cwta chwe mis ro'dd y ddwy yn nabod 'i gilydd, wedi cwrdd am ambell goffi ar awr ginio Anest. Ro'dd Anest wedi bod yn y lle 'ma ers sbel cyn cyfarfod â'i ffrind.

Ro'dd Mrs Blanche yn fenyw osgeiddig, bob amser fel pìn mewn papur. O'r eiliad gyntaf y cyfarfu'r ddwy, bu chwerthin a cham-fihafio. Do'dd dim i guro'r wên goeglyd 'na o'dd ganddi hi. Byddai Anest wastad yn cofio'r sesiwn gelf gyntaf pan ddwedodd y tiwtor fod yn rhaid i bob arlunydd wneud yr ymdrech i ddod yn un â'r testun. Mrs Blanche oedd y cyntaf i bwyso at Anest, fel plentyn ysgol uwchradd, 'i hasgwrn cefn yn fwa dros y ddesg.

'Am beth ma'r bachgen 'ma'n sôn? Sut ydw i i fod i ddod yn un â'r afalau mewn powlen ar ford fy nghegin? Eu bwyta nhw, hwyrach? Lol botes. Cachu rwtsh.'

Ro'dd 'i bysedd yn diferu â modrwyau aur a'i dillad drud yn llifo dros ei chorff. Llygaid craff a phrofiadol oedd ganddi, rhyw elfen o siniciaeth a rhyw 'chydig bach o . . . doedd Anest ddim yn siŵr sut i'w gyfleu. Dyna roedd Anest yn ei hoffi. Y cymhlethdod syml hwnnw fel cymeriad cartŵn. Mor braf oedd cael cwmni rhywun hapus i godi'i chalon ac i fod yn dipyn o rebel. Crychodd Anest 'i thrwyn eto. Ro'dd Mrs Blanche yn ymgorffori llawer o bethau y byddai Anest wedi hoffi bod.

Wedi meddwl, do'dd rhyfedd bod Mrs Blanche mor fodlon. Mrs Blanche â'i gwen gaws. Un o Gymry Caerdydd oedd hi, wedi priodi ag Albert Blanche, bonheddwr a'i deulu'n hanu o Fro Morgannwg ers canrifoedd – roedd Mrs Blanche wedi adrodd y stori wrthi rywdro. Ro'dd hi'n wraig weddw bellach ac atgofion cloff ohoni hi a'i gŵr yn mwynhau'r bywyd dosbarth-canol, theatraidd yn cynnal 'i bywyd heddiw. Man a man cyfaddef, 'i hetifeddiaeth ariannol oedd yn 'i chynnal. Duw a ŵyr, byddai Anest yn berson mwy hyderus a bodlon petai hi'n priodi ag un o fosys mawr Fflicio, neu'n cael gafael ar ddoctor oedd yn gweithio yn yr Heath. A byddai'i mam yn falch ohoni hefyd. Ond roedd meddwl am briodi yn codi pob math o broblemau. Coginio er enghraifft. Ro'dd Anest wedi clywed ganwaith am hanes Mrs Blanche yn prynu bwyd parod drud mewn tŷ bwyta bach neis yn hytrach nag eistedd ac aros i'r ffwrn chwysu'i lwmpyn cig hi'n sych.

Fyddai hi, Anest, ddim yn gallu fforddio'r fath drimings. Gwnaeth hyn ei hatgoffa o'r ffaith na fedrai hi goginio. Nad oedd hi'n ddynes gyflawn; wel, dyna fyddai'i mam hi'n awgrymu – gyda'i llygaid, beth bynnag. Erbyn hyn, ro'dd hi'n 'i disgrifio'i hun fel llysieuwraig er 'i bod hi'n hoffi cig. Trafferth o'dd yr holl beth, ondyfe? Daeth pang arall drosti. Dechreuodd hiraethu am gael bod adref yng Nghastell-nedd, yn ferch fach, a chael bwyta cinio dydd Sul Mami. Ro'dd 'i Mami'n sgut am goginio ffowlyn – yn sgut am goginio popeth o ran hynny. Rhyfedd fel ro'dd hi wastad yn meddwl am 'i mam lle roedd bwyd yn y cwestiwn. Fel 'tai hi'n rhyw angel bach o gogydd ar ei hysgwydd yn gweiddi 'Tria goginio, Anest fach. I fi. I Mami, tria er mwyn dyn!' Er mwyn dyn? Ynteu er mwyn rhyw ddyn? Wyddai hi ddim. Serch hynny, ro'dd hi'n joio bod yng nghwmni Mami pan ro'dd hi wrthi'n gwneud pice neu darten. A nawr 'i bod hi yng Nghaerdydd, rhywsut, ro'dd y pellter yn gwneud synnwyr, yn 'i gwneud hi'n haws siarad gyda'i mam. Nid yn annhebyg i'r ffordd y bydd sgwrs yn rhedeg yn llyfnach mewn car. Pan fo rhywbeth arall ar y meddwl. A phan nad yw pobl yn edrych ar 'i gilydd. Y gadael fynd. O'dd ganddi hawl i garu tameidiau o bobl fel hyn? Mami Castell-nedd, fel rhyw stereoteip o gogydd ar y teli yn 'i phen hi, a dim mwy? Wyddai hi ddim.

Gŵr oedd ei angen arni. Diolchai na fedrai unrhyw ffeminist ddarllen 'i meddwl. Ie, gŵr. Yn sicr felly. Rheswm dros allu coginio'n dda a gallu coginio i fwy nag un person. Peidio prynu'r tuniau bîns i un person. Peidio bod ar dy ben dy hun. Gwyddai sut roedd hyn yn gwneud iddi swnio. Duw a ŵyr, roedd hi wedi darllen yr erthyglau droeon. Tyff, dim ots beth ro'dd y ffeminists 'ma'n gweud, ro'dd hi'n gwybod ei bod hi'n trio dod o hyd i ŵr. Ac eto, ro'dd y syniad yn chwithig. Ro'dd menywod wedi cael dod i lle'r oedden nhw, wedi cael yr holl hawliau – i whilo gŵr.

Cododd 'i phen ac edrych ar yr 'arlunwyr' yn y dosbarth. Ceisiodd edrych yn drwsiadus. Bugger all. Bugger all o neb yn codi'i ben a neb gwerth codi'i ben beth bynnag. Yn y ffilm Barisienne ro'dd hi ynddi hefyd, wrth gwrs, ro'dd pob dim yn wahanol. Byddai'n codi'i phen a dyna lle byddai arlunydd newydd yn dod i mewn ac yn gofyn, 'Ai dyma'r dosbarth cywir?' Arlunydd ifanc. Arlunydd chwaethus. Byddai'r boi yn edrych i'w chyfeiriad hi ac yn gwenu'n gynnil cyn mynd i eistedd yn y gornel. Dyw e ddim wedi siafio ers deuddydd, mae'i lygaid e'n dywyll, dywyll ac ma' 'da fe ryw olwg ffwrdd-â-hi yn ei gylch. Mae e'n gwisgo trowsus corduroy a chrys, ac mae'n edrych yn ffantastig, ac eto mor ddiymdrech. Wrth iddi ddechrau suddo i'w byd arall dyma John ar ochr draw'r dosbarth yn tisian yn uchel gan roi'i law dros 'i geg rhag bod y fflodiart yn agor a'r llif yn diferu. Gwgodd Anest. Y peth oedd – a dyma a gorddai Anest yn fwy na dim byd arall – doedd bywyd ddim fel y ffilmiau. Dim y 'dod o hyd i gariad' ac yn sicr ddim y colli cariad. Ar yr holl gyfarwyddwyr a'r cwmnïau ffilm roedd y bai bod yna oedolion yn eu hugeiniau yn chwilio'n ofer am y bywyd ffilmig hwnnw a addawyd iddyn nhw gyda winc. Bywyd y plot syml, bywyd y plot cymhleth hyd yn oed! Bod *rhywbeth* yn digwydd. Y gwir plaen oedd, mewn realiti bob dydd 'dim-papur-tŷ-bach-ar-ôl', doedd dim fel y ffilmiau. Doeddech chi ddim yn derbyn neges destun yn dweud 'methu aros tan tro nesa, ti'n anhygoel' gan y gŵr golygus o Baris, oni bai eich bod chi'n ceisio twyllo eich hun eich bod chi mewn ffilm. Bwyta pot llawn o hufen iâ oedd yr agosa roedd Anest wedi dod at fyw bywyd glam y sinemâu ers sbel, ac roedd hi'n digwydd gwybod nad oedd bywydau'i ffrindiau hi fawr gwell chwaith. Rhwng y tisian, y glaw'n pistyllio a'r llun gwael oedd o'i blaen roedd popeth mor glir â dŵr potel. Doedd dim byd fel y ffilmie.

Tynnodd 'i chardigan o'i chwmpas ac ail-gau ambell fotwm cyn sythu yn 'i chadair a syllu drwy'r ffenest fel cymeriad yn 'i ffilm Parisienne. Doedd hi ddim yn gallu peidio â gwneud. Roedd hi'n arfer erbyn hyn, yn bodoli yn y cymeriad hwnnw bron iawn. Hoffai ddychmygu un o ganeuon Edith Piaf yn cael 'i chwarae i gyfeiliant 'i hystumiau. Dylai fod wedi bod yn actores, meddyliai. Ro'dd un o'i chyn-gariadon wedi dweud wrthi fod ganddi wyneb gwych ar gyfer fideo bop. Hwyrach mai yn fan'no y dechreuodd y peth o ddifri.

Pesychodd y tiwtor yn ddirmygus a syllu ar Anest. Neidiodd hi gan droi'i phen i glywed: 'Doeth 'na fawr o ythbrydoliaeth i'w gael y tu allan heddiw, Anetht. Beth yw diben y diffyg canolbwyntio? Hanner awr o'r werth thydd wedi bod a ti thy'n talu amdano!'

Amdani, meddyliodd Anest yn smŷg. Efallai nad oedd hi'n Monet – na hyd yn oed yn Vettriano – ond roedd hi'n gwybod mai enw benywaidd oedd gwers. Cnodd 'i thafod.

Ro'dd hi'n teimlo fel merch ysgol ddrwg, felly plygodd 'i phen yn euog a gwneud llygaid ci bach arno. Gwyddai hefyd mai dyma'r ymateb roedd Marc, y tiwtor, yn 'i ddisgwyl ac yn 'i ddeisyfu. Rhyw ffug-wenieithu. Rhyw *power-trip* bach trist ar nos Fawrth lawog. Rhyfedd fel yr oedd gweithredoedd pathetig fel hyn yn ail natur i rywun wrth iddo aeddfedu. Cadw'r ddysgl yn wastad. Cadw pawb yn hapus. Peidio herio'r drefn.

Wrth iddi estyn am 'i brwsh paent yn bwdlyd daeth cnoc hyderus ar y drws. Cododd ambell ben mewn chwilfrydedd. Glynodd y gweddill wrth y papur. Bysedd modrwyog, ewinedd hirion, a neb ond Mrs Blanche yn taro llaw ar y pren cyn dangos 'i hwyneb. Ach! Ro'dd hi mor ddramatig, mor uffernol o dros-y-top. Bril, meddyliodd Anest. Trawyd hi'n sydyn gan ba mor enfawr o'dd 'i dwylo, ac eto mor fenywaidd. Sylwodd Anest ddim, yn 'i chynnwrf, ar y gwythiennau ar gefn llaw Mrs Blanche. Gwythiennau fel gwreiddiau wedi'u lapio am fonyn coeden. Gwenodd, cyfarchodd 'i ffrind wrth gerdded i mewn ac ymddiheuro o 'waelod calon' i'r tiwtor cyn troi ar 'i hunion ac eistedd wrth ymyl Anest. Sut o'dd rhai pobl yn cael get-awê gyda bod mor afresymol o osgeiddig mewn tipyn o ddosbarth celf ar nos Fawrth yn ystafell gefn llyfrgell hyllaf y ddinas? Estynnodd 'i llaw'n frenhinol a gwasgu Anest ar dop 'i braich.

'Diffyg hyfryd-ddyn sydd yma, yntê Anest? Rhywbeth i gael gafael ynddo.' A chwarddiad uchel i ddilyn a lanwodd yr ystafell. Chododd y trwynau ddim o'r papur, ond sylwodd y glaw. Heb ffys, aeth Mrs Blanche i'w bag a gosod 'i braslun o'i blaen. Cydiodd yn sicr yn y brwsh. Ambell gyffyrddiad o felyn fan hyn a chymysgu brown a choch fan draw. Pwyntiodd Mrs Blanche at y llun o Doscana ac ochneidio'n foddhaus:

'A dyna ble fydda i ddiwedd yr wythnos. A'r tir fel môr. Wir i chi!'

'Beth? Yn yr Eidal, ie?'

'O ie! Ydych chi'n cofio fi'n dweud i Albert adael tŷ yn Nhoscana yn 'i ewyllys? Pŵr dab. Roedd e'n llawer rhy brysur i werthfawrogi'i enillion. A dyma fi, yn cael mynd wythnos nesa cofiwch!'

'Duw, 'ych chi'n lwcus yn cael gadael y glaw. Meddyliwch amdana i, yn socian wrth fynd i'r gwaith.'

Gafaelodd Mrs Blanche ym mraich Anest yr eilwaith.

'Wir i ti, ferch. Nefoedd ar y ddaear yw'r lle. Wy hyd yn oed yn 'i gweld hi'n anodd chwarae fy ngherddoriaeth jazz i yno.'

O'dd, ro'dd Anest yn 'i hoffi hi, ond doedd dim angen rhwbio halen i'r briw, nagoedd?

'Pam allwch chi ddim whare cerddorieth? Sai'n deall.'

'Rhag i mi ddeffro'r angylion, Anest fach, yr angylion.'

Blydi hel. Yn syth allan o'r ffilm Disney ddiweddara, meddyliodd Anest, ond gwyddai fod Mrs Blanche hefyd yn mwynhau 'i gor-actio. Yn mwynhau chwyddo pethau go-iawn. Ro'dd hi'n mwynhau'r sylw hefyd. Wedi dweud hynny, byddai Anest wrth 'i bodd yn dysgu am yr artistiaid a'r offerynwyr jazz roedd hon yn siarad amdanyn nhw drwy'r amser. Ro'dd hi'n gwybod bod 'i gwybodaeth hi am gerddoriaeth yn eithaf di-ddim ac roedd y person wrth 'i hymyl yn ysu am gael darlithio. Y peth rhyfedd oedd y ffordd roedd Mrs Blanche fel 'tai hi'n uniaethu â bywydau'r chwaraewyr sacsaffon hyn, er nad oedd hi wedi chwarae nodyn o ddim byd yn 'i byw. Ro'dd hi'n cyfaddef hynny'n ddigon agored, ond gwyddai Anest fod yna dywyllwch yn llechu yno, rhyw gymhlethdod. Gwyddai hefyd 'i bod hi'n hoff o drafod yr artistiaid jazz a lwyddodd i ddod yn gyfoethog – er na lwyddodd llawer ohonyn nhw, chwaith. Ond, o, ro'dd hi'n gyfforddus yn sôn am gyfoeth, oedd. Yn gallu uniaethu gyda hynny'n fwy na dim byd. Allai Anest ddim rhannu'r profiad wrth gwrs, a phe byddai rhywun yn dweud bod 'i ffrind yn molchi mewn llaeth gafr, fel Cleopatra gynt, fyddai hi ddim yn synnu. O'dd, ro'dd Mrs Blanche yn hoff o drafod 'i chyfoeth ond prin y gallech gael eich cythruddo ganddi. Anwylo ati a wnâi Anest, fwyfwy bob tro, am 'i bod hi'n hael ac am 'i bod hi'n onest. Roedd Anest yn flin nad oedd wedi cael cyfle i adnabod Mrs Blanche tan yn ddiweddar. Fel yr oedd, bodlonai ar gael 'i chwmni ar nos Fawrth lawog. A gwyddai, mewn ffordd, mai dyna o'dd orau.

Billie Holiday . . . hon, yn ôl Mrs Blanche, oedd ateb yr enaid i gyflwr Anest. Pa gyflwr yn union oedd hwnnw, doedd Anest ddim yn siŵr. Efallai nad oedd pob dim yn hynci-dori ond ro'dd to uwch 'i phen hi, ro'dd hi'n gweithio (o fath) yn Fflicio ac roedd hi'n byw yng Nghaerdydd. Ond do'dd dim angen i Anest ddweud dim, ro'dd Blanche yn gweld pethau'n wahanol. Syllodd i fyw llygaid Anest:

'A rhai gwyrdd pert ydyn nhw hefyd. Thâl hi ddim i chi fod yn hel meddyliau am fywyd gwell, Anest fach. Mae'r cyfan yn brofiad yn y pen draw, meddyliwch amdano yn y ffordd honno. Fe wellith pethau.'

Blydi cheek, meddyliodd Anest. Do'dd dim byd mawr o'i le. Ro'dd hi'n ddigon hapus. Er, gwyddai ym mêr 'i hesgyrn fod gan Mrs Blanche bwynt. Roedd hi'n casáu hyn, yn casáu'r ffaith fod gan rhywun afael arni a'i bod yn 'i nabod hi'n well na hi 'i hun. O'dd, ro'dd bywyd yn eitha di-liw, ro'dd hi wedi cyfaddef hynny'n barod, ond do'dd pethau ddim yn uffernol.

'Wy'n flin, Mrs Blanche. Sai moyn cal 'y ngweld fel rhyw manic depressive. Wy'n iawn. Wir. Yn ddigon hapus am nawr. 'Sdim angen i chi boeni amdana i.'

A'r ddwy yn gwenu'n siriol ar 'i gilydd. Pam, oedd yn gwestiwn arall. Pwy o'dd yn gywir? Oedd Anest wedi sylweddoli fod 'i chwnselwraig yn iawn, ynteu oedd Blanche yn gwybod 'i bod hi wedi mynd yn rhy bell? Dechreuodd y ddwy siarad am bethau llai dwys, ac ymlaciodd Anest gan chwerthin yn uchel ar rai o sylwadau cignoeth ei ffrind.

Mwythodd Mrs Blanche eli drud dros 'i dwylo a suddodd ambell ddiferyn rhwng 'i modrwyau at ei chroen. Gwylltiodd hyn hi ond sylwodd Anest ddim. Ar ôl cael gwared ar yr hufen o dan ei modrwyon gyda phensil miniog, pendronodd am ennyd cyn cyfeirio at y llun o'i blaen.

'Mm. Ie. A dyna lle byddwch chithau ddiwedd yr wythnos hefyd, Anest.'

'Beth?' Mor ffilmig.

'Anrheg fach. Mae 'i hangen hi arnoch. Cymerwch wythnos o hoe rhag y cylchgrona, rhag hel meddyliau, rhag y glaw. Mae tir fel môr yno Anest. Wir!'

Syllodd Mrs Blanche arni'n obeithiol. Roedd calon Anest yn pwno. Fedrai hi ddim codi'i phac a mynd ar wyliau; er cymaint yr hoffai, fedrai hi ddim gadael. Wrth gwrs, ro'dd hi'n iawn i hen fenyw fel Blanche jet-setio dros y byd ond ro'dd gan Anest gyfrifoldebau . . . Oedodd a bu bron iddi ddechrau crio wrth i'r gwirionedd wawrio arni. Doedd ganddi hi ddim llawer o gyfrifoldebau. Doedd neb yn 'i disgwyl hi adref i wneud swper, do'dd dim gŵr na phartner na dim ganddi . . . heblaw bod Marty, y pysgodyn aur oedd wedi'i enwi ar ôl cymeriad yn *Back to the Future*, angen 'i fwydo. Gwnaeth hyn iddi sylweddoli y gallai'r gwaith fynd i grafu am 'chydig – wedi'r cyfan roedden nhw'n talu'n wael ac yn 'i thrin hi'n waeth. Ceisiodd beidio gwenu. Mae'r eiliad honno mor rhyfedd, pan fydd pethau'n newid eich bywyd chi. Mewn cwta ddeg eiliad mae'ch gorwelion chi'n newid. Na. Allai hi ddim. Allai hi? Doedd hi heb fwriadu mynd i unman a doedd hi ddim y math o ferch o'dd yn gwneud rhywbeth fel hyn. Yn gwneud pethau ar hap. Gwenodd yn araf, amheus. Do'dd hi ddim yn gallu peidio. Pam lai? Byddai gwyliau'n rhoi cyfle iddi ailwampio'i hun a meddwl am 'i chyfeiriad mewn bywyd – heb sôn am roi lliw haul ar 'i bronnau. Cael bod yn athronyddol ac yn gymeriad ffilm mewn gwlad boethach. Teimlodd bilipala yn ei bola.

'Ocê . . . Diolch, Mrs Blanche. Blydi hel. Sai'n gallu credu mod i newydd weud 'na! Mod i'n dod.'

'Dwi'n falch eich bod chi'n dod. Ond peidiwch â rhegi, Anest. Dyw e ddim yn eich siwtio chi.'

Synnodd Anest at ddwrdio Mrs Blanche. Do'dd hi ddim yn cytuno – câi regi fel y mynnai. Ond doedd dim ots am hynny nawr. Ag anghrediniaeth yn llenwi'i bochau, dechreuodd sylweddoli – ro'dd y ddwy am fynd gyda'i gilydd. Grêt, meddyliodd. Dim problem. Cyfle i ga'l laff a dysgu am gerddoriaeth – a chael lliw haul yr un pryd.

'Meddwl am fod yng nghwmni hen fenyw fel fi yn haeddu ystyriaeth ddwys? Dwi'n deall yn iawn.'

'O, na.'

Estynnodd Mrs Blanche law euraidd at arddwrn gwyn. Roedd wyneb Anest yn botsh o gamddeall-twriaeth.

'Jôc, Anest fach. Mi wn i. Mae'n lot i feddwl amdano. Peidiwch â phoeni gymaint.'

Pwyntiodd at y llun o'u blaenau fel cwis-feistres rad ar raglen ddigidol crap.

'Dyna ni wedi penderfynu, felly. Haul Buon Torrentóri yn ein gwahodd.'

Diolch i'r tiwtor twp am ddewis y fath lun,

meddyliodd Anest. Beth oedd pwynt cael cariadon pan mai'r oll oedd 'i angen go-iawn o'dd mabwysiadu hen fenyw? Bargen! meddai wrthi hi 'i hun, a theimlo'n euog yn syth wedi meddwl hynny. Chwarae teg i'r hen wreigan am fod mor ffeind.

Ail-lygadodd Anest y ffenestr fechan gan wylio'r glaw yn pistyllio. Fyddai hi ddim yn hir cyn troi ei chefn yn llwyr ar law Mehefin a hedfan bant i ailgyfarfod â'i brychni haul. Ymbalfalodd yng ngwaelod ei bag am 'i ffôn symudol. Ro'dd ganddi lot i'w ddweud wrth Mali a Caroline, yn wahanol i'r arfer. Wedi dweud hynny, ro'dd hi'n gwybod yn iawn y byddai'r ddwy yn 'i dirmygu hi. Anest wedi mynd yn boncyrs, mynd bant 'da menyw yn 'i chwe degau. Ecsentric, byrbwyll, hunanol. Gwyddai'n iawn y byddai'r pethau hyn yn cael 'u dweud. Ond, beth o'dd yr ots? Dyna beth o'dd byw yng Nghymru, ac ro'dd hi'n cael dianc cyn bo hir. Yn cael mynd o 'na a geiriau Mrs Blanche, er mor gawslyd, yn gweddu i'r dim:

'Tir Toscana fel môr a'i liwiau heb fod ar y paled paent, Anest fach. Gwych!'

2

Syllodd Isolde ar y Forwyn Fair ar y sil a syllodd yr eilwaith ar 'i chorff 'i hun yn y drych mawr. O'dd, ro'dd ganddi gorff blêr, crychiog bellach. Sach datws o gefn a chrychau fel cwysi'r caeau ym mhob man. Byseddodd 'i bronnau, o'dd yn un swp am 'i chanol, a syllu i fyw 'i llygaid. Ro'dd y tawelwch yn y tŷ mor llethol fel y gallai glywed clychau'r defaid yn tincl-tonclo ar hyd y bryniau. Toscana ar ei orau o'dd hi heddiw, yng ngwres melfed Mehefin – ac Isolde ar 'i gwaethaf, fel arfer. Ro'dd hi'n ddall i brydferthwch y tirlun Eidalaidd. Wedi bod ym mharadwys yn rhy hir. Bu'r alarnad yn canu yn 'i chlustiau ers naw mlynedd, chwe niwrnod a phedair awr ar bymtheg. Ers yr eiliad y boddodd 'i gŵr, Sarjant Giuseppe Carboli, mewn bwced o laeth gafr. Llaeth gafr, o bob dim. Du o'dd pob dilledyn wedi hynny. Du o'dd pob dim, a dweud y gwir. Do'dd hi ddim hyd yn oed yn cofio sut i *drio* mwynhau'i hun.

Dyma hi'n troi yn 'i hunfan, gan syllu'n ddirmygus ar 'i chorff. Ni allai unrhyw un wadu nad o'dd hi'n fawr, ond beth o'dd diben digalonni ac astudio'r bloneg?

'O Forwyn Fair, gwarchod fi rhag derbyn 'i farwolaeth. Yr wyf, Sanctaidd Fam, yn bodoli er lles galar. A gwarchod Mariella hefyd.'

Mor hunanol oedd Isolde yn 'i galar. Roedd hi wedi newid 'i natur yn llwyr wedi'r drasiedi laethog. Er, doedd dim diben camarwain – bu'n ddynes galed erioed. Cafodd fagwraeth egr a bu 'i thad yn 'i churo. Ond, chwarae teg, bu Mariella, y ferch a fabwysiadwyd ganddi hi a Giuseppe, yn gefn iddi drwy'r holl flynyddoedd o alar llaethog. Nawr ro'dd cyfle ganddi i ddangos 'i gwerthfawrogiad, gyda Mariella hefyd mewn gwewyr. Ond nid fel'na roedd hi. I Isolde, ro'dd dioddefaint 'i merch ond megis darn bach o ham Parma o'i gymharu â'r horwth mochyn o ofid y bu rhaid iddi hi 'i ysgwyddo. Ro'dd Isolde yn ofni y byddai galar Mariella'n bychanu colli Giuseppe ac yn difrïo'i galar hi. Do'dd Mariella 'i hun ddim wedi meddwl am y peth. Wedi'r cyfan, ro'dd colli cariad wedi meddiannu'i bywyd hi, yn un cwmwl tywyll. Er bod yr awyr yn las.

Tethi. Rhai tywyll oedden nhw, a rhai glân hefyd am na fu 'run ohonyn nhw erioed mewn ceg. Mor ddibwrpas. Dyma hi'n troi unwaith yn rhagor, gan geisio sbecian dros 'i hysgwydd. Doedd neb wedi cyffwrdd yn y darn hwnnw o'i chefn ers cyn i Giuseppe foddi yn y llaeth gafr. Ysai am gael 'i law ar 'i hasgwrn cefn, yn y man na allai hi 'i gyrraedd o unrhyw ongl a'r man nad oedd neb arall wedi'i gyffwrdd – neb ond 'i mam 'slawer dydd wrth 'i hymolchi hi fel dafad yn cael 'i dipio.

Daliodd 'i llygaid ar lieiniau a nisiedi oedd angen eu plygu. Un peth ar ôl y llall oedd hi yn yr hen fyd yma. Gallai gofio'i mam yn 'i siarsio wrth iddi sgwrio'i dwylo ar ôl godro:

> 'Fe haeddi gariad Iesu,
> os plygi di'r hancesi;
> cei arian mawr ac aur,
> a bendith y Forwyn Fair.'

Gwingodd. Rhyfedd fel yr oedd hen benillion fel rheiny wedi diflannu, bron â bod dros nos. Wel, nid dros nos ond dros gyfnod, a thrawyd hi eto gan ba mor hen oedd hi. Isolde druan.

Ro'dd Pabyddiaeth wedi gwanhau yn Buon Torrentóri hefyd erbyn hyn. Pawb yn mynd i'r eglwys, ond neb yn credu, neb yn gwybod yn iawn pam roedden nhw'n mynd. Rhyw gwysi oes o arfer. O'dd, ro'dd ambell un yn mynd am y rhesymau cywir a'r gweddill yn arddel y traddodiad. Eraill ddim hyd yn oed yn gwneud hynny. Beth fyddai diben traddodiad ar Ddydd y Farn, meddyliodd.

Gwisgodd 'i dillad du amdani gan fwynhau medru cuddio'i hunig bechod. Diolchodd i Dduw mai dyma o'dd 'i hunig bechod a dechreuodd deimlo ychydig yn freintiedig. Does ryfedd fod Duw yn hael wrthyf ar ôl yr holl ddiodde dwi wedi'i neud, meddyliodd. Dechreuodd blygu'r hancesi gwyn starts ac wrth wneud hyn syllodd ar y toeau coch y tu allan. Do'dd hi ddim yn hoffi cyfaddef, ond ro'dd hi'n synhwyro rhyw newid yn yr aer. Ro'dd y tes yn fyglyd bron, a hynny i'w deimlo gan rywun oedd wedi diodde'r gwres mwyaf melltigedig dros y blynyddoedd. O'dd, ro'dd yr awel yn rhyfedd o gynnes o ystyried mai Mehefin oedd hi. Daliai 'i llygaid ar y bryniau a ddisgynnai ac a godai o amgylch Buon Torrentóri. Ro'dd y coch a'r gwyrdd a'r melyn yn toddi'n llif a'r coed pinwydd talsyth yn annibynnol filwriaethus wrth ymestyn tua'r haul. Bron iddi ddechrau mwynhau'r olygfa yn y gwres. Trawodd 'i chlun yn galed, fel 'tai'n cosbi'i hun am werthfawrogi'r olygfa. 'Gwae fi,' meddyliodd, 'gwae fi am syllu'n ddiangen ar blanhigion a thir, Forwyn Fair. Arwain fi at alar.'

Gwnaeth arwydd y groes yn seremonïol ar 'i thalcen a'i hysgwyddau a dyma hi'n gostwng 'i llygaid. Bwriadai symud a chario'r hancesi (a baich y groes) i lawr y grisiau cerrig at y gegin, ond oedodd am eiliad. O gyfeiriad Buona Casa daeth golau miniog o lachar. Golau'r haul yn adlewyrchu oddi ar y ffenest, dyna i gyd. Ond cyn troi'i phen sylwodd bod rhywun yn sefyll ger y ffenestr: Marco Toriniéri. Wrthi'n cario sosbenni i'r gegin oedd e. Yn ddiniwed ddigon. Byddai'r gwalch yn siŵr o gael busnes da heno a'r haul yn wres tanbaid ar bob tŷ. Do'dd e ddim yn haeddu busnes (gymaint ag yr o'dd Mariella yn haeddu torcalon).

'Bastardo!' gwaeddodd ar dop 'i llais a chau'r hen lenni lês oedd yn cadw'r mosgito rhag pigo cydwybod. Ach! Fe waeddodd hi arno am resymau rif y gwlith. Am iddo adael Mariella, am 'i fod yn mwynhau bywyd, am 'i bod hi, Isolde, yn dyheu am gael corff fel 'i un ef yn gysur iddi yn y gwely. Gwallt du, 'i groen tyn a'i frest . . . Sythodd a gwthio popeth i gefn ei meddwl. Yn simsan, dyma ddechrau ymlwybro at y cwpwrdd dillad a gadwai gymaint o ddillad du ag a wnâi o bryfed pren. Agorodd y drydedd silff a byseddu ymysg y siolau ysgwydd. Ro'dd hi'n dechrau chwysu a byseddodd fwyfwy. Pump a thrigain oed a'i haeliau duon trwchus yn un lindys. Daliodd 'i llaw ar y papur sglein a thynnu cylchgrawn flynyddoedd oed o'i guddfan.

Lluniau dynion Rhufeinig cryfion, lluniau o'u noethlymundod, eu perffeithrwydd yn sgleinio'n ôl yn 'i llygaid pŵl. Dyheai am gael gwisgo staes a sgert fer a strytio ar hyd strydoedd Buon Torrentóri er mwyn bachu dyn golygus a'i sodro rhwng 'i choesau. Cafodd 'i llethu. Ei llethu gan chwant a phechod. Cwympodd i'r llawr gan 'i dal 'i hun yn dynn a siglo'n ôl ac ymlaen. Yn ôl ac ymlaen.

'Gwae fi, Forwyn Fair. O Dduw Hollalluog, maddau fy nghamwedd!'

Dim ond wylofain o gyfeiriad y llofft glywodd Mariella a hithau'n golchi'r llestri yn y gegin oer. Y gegin oedd yn cuddio rhag yr haul. Teimlai biti mawr dros 'i mam (er nad oedd yn fam go-iawn iddi). Ro'dd hi'n dal i alaru am Giuseppe, a hynny ers rhyw ddeng mlynedd. Gweiddi sgrechian fel hyn yn ddyddiol am 'i bod hi am iddo ddod yn ôl. Mariella fach, mor anhunanol. Mor fain. Mor dwp. Sut allai hi fod wedi derbyn gair Marco fel hyn? Fe oedd stŷd y pentref. Do, fe'i dofwyd am dair blynedd, ond pa ddiben cofio caru pan oedd y tŷ bellach yn dawel?

Dechreuodd sylwi ar swnian y radio er iddo fod yn mud-ganu yn y gornel ers hydoedd. Prin y gallai 'i glywed ond ro'dd 'i fodolaeth mor bwysig. Doedd dim byd yn waeth ganddi na thawelwch llethol. Ro'dd yn ddigon i'w hala hi'n orffwyll. Daeth atgof am Marco'n dweud, 'O'r dwpsen! Mariella ddela a welais i erioed. Beth sydd o'i le ar damed o dawelwch? Y? . . . Mariella? Y? . . .'

A rowlio chwerthin, y ddau yn bleth o groen ar

wely gwyn starts. Wyddai hi ddim beth yn union oedd gwraidd yr ofn. Ofn bod ar ei phen ei hun? Ofn bod heb gwmni cyfarwydd? Ofn y byddai marwolaeth yn dod fel blaidd o goed Toscana ac yn ei llyncu'n fyw? Doedd hi ddim yn gwybod, a doedd hi'n bendant ddim am ystyried y peth. Beth bynnag, aeth at y radio a throi'r sŵn i fyny. Madonna oedd yn canu ar y radio a'i llais i'w glywed yn rhyfedd yn aer y gegin.

> Why should I feel sad,
> For what I never had?

Mor wir o'dd pob gair. Doedd Marco erioed wedi taflu'i olygon yn llwyr ar yr ysgwyddau bach a'r bronnau llai heb gadw un llygad naill ai ar y tŷ bwyta neu ar y merched eraill a'u penolau estron. Twristiaid ddiawl! Pentrefwyr ddiawl! 'Marco ddiawl!' geiriodd dan 'i hanadl cyn sychu deigryn poeth. Bron mor boeth â'r dŵr golchi llestri oedd yn dal i losgi'i bysedd. Llosgi fel uffern. Mwynhau'r boen. Poen oedd yn rhoi rhywbeth arall i feddwl amdano. Ymhen dim, dechreuodd wenu. Efallai bod 'u perthynas nhw wedi dod i ben, ond do'dd hynny ddim yn golygu nad o'dd hi wedi bodoli o gwbl, nac oedd? Ro'dd hi a Marco'n dal i fod yn caru, ar linell amser, nid nepell o fan hyn. Oedd hawl caru tameidiau o bobl fel hyn? Oedd, meddyliodd. Wedi'r cyfan, tameidiau o bobl 'da chi'n dod ar 'u traws nhw bob dydd. Yr un wyneb, efallai, ond bod y person roeddech chi'n meddwl roeddech chi'n 'i

28

am 'i hanturiaethau. Gwaetha'r modd, ro'dd gwaith yn galw. Ro'dd yr hen dŷ haf uffar 'na yn cael 'i lenwi â Saeson nos yfory ac roedd gofyn glanhau a rhoi'r bibell ddŵr i weithio. Ro'dd hi'n gwybod yn iawn y byddai'i ffrindiau'n meddwl 'i bod hi'n galaru yn 'i llofft yn lle ymuno â nhw yn Siena. Byddai'n rhaid egluro rywdro arall, debyg. Gwaith oedd gwaith nes ffeindio gwell. Twristiaid ddiawl.

Dyma hi'n clywed sŵn sosbenni'n clecian yn yr aer. Amser cinio a gwres y ffwrn a'r haul yn un potsh o stêm. Sosbenni Mrs Alfredo yn cloncian picci a saws pomodoro al funghi i'w gŵr nwydwyllt a fydd yn 'i thynnu o dan y bwrdd ac yn bwyta'i bronnau i bwdin. Gwenodd Mariella. Sosban Maria Dallavalle yn ffrwtian farfalle, a bruschetta cyn hynny, a phlant y dynion busnes-siwtiau-Hugo-Boss-a-theithio-ar-y-trên-i-Firenze-iff-iw-plis yn 'u meithrinfa chwyslyd tra bod 'i merch, Francesca, yn 'u harwain nhw o amgylch y sgwâr llychlyd fel bugail yn tywys ei braidd. A'r praidd yn anystywallt tost. Wrth gwrs, do'dd dim modd meddwl am sosbenni heb feddwl am sosbenni Buona Casa lle roedd Marco'n torri'r gwningen cyn ei ffrio â winwns a garlleg ac olew yr olewydd. Byddai rhosmari yn gweddu i'r dim â'r gwningen. Ond wnaiff Marco ddim defnyddio rhosmari ar ôl i wenynen hedfan i'w glust a'i bigo pan oedd yn saith mlwydd oed. A marw yno. Welodd Marco ddim byd ond y dail rhosmari o'i flaen yn yr ardd ac felly wnaiff e ddim cyffwrdd â'r planhigyn. Wnaiff e ddim cyffwrdd ynddi *hi* rhagor chwaith. A hithau'n crefu amdano, yn fwy felly am nad oedd hi'n deall o gwbl pam fod yr holl beth wedi dod i ben. Do'dd e ddim hyd yn oed yn fodlon egluro.

'Bastardo!' ynganodd.

Ro'dd hi wedi mynd yn ôl i'r Eglwys er mwyn gallu'i weld yn byseddu'r seddi pren ar ddydd Sul. Roedd hi wedi rhoi heibio'r syniadau mawr am fynd i brifysgol er 'i bod hi'n alluog. Wedi rhoi heibio'r holl syniadau fod Pabyddiaeth yn gwario mwy o arian ar y celfi a'r addurniadau eglwysig nag ar bobl. Hyn oll er 'i fwyn e. Ac i be? Rhuthrodd 'i meddwl yn ôl wrth i arogleuon holl sawsiau'r holl sosbenni lwydo yn 'i ffroenau. Ei sosban hi? Gwyddai beth fyddai yn 'i sosban hi. Yn sŵn 'i mam (nad o'dd yn fam go-iawn iddi) yn wylofain, sosban â chalon oedd yn berwi mewn diheintydd oedd 'i hun hi. Er mwyn glanhau Marco oddi ar 'i meddwl, ac er mwyn sgwrio lloriau'r tŷ haf cyn i'r estroniaid gyrraedd.

3

Rowliodd Anest y papur sigarét yn ddefodol a
phwyso 'nôl ar y bag coch o'dd wedi'i bacio'n llawn
dop. Fel cas pensil disgybl ar 'i ddiwrnod cyntaf yn
yr ysgol. Do'dd hi'n methu credu'r peth. Ei bod hi
wedi cytuno i fynd, fel 'tai gan Mrs Blanche ryw hud
drosti. Roedd 'i mam yn meddwl 'i bod hi'n boncyrs,
wedi cwrdd â rhyw hedonist rhyfedd yn y gwersi celf
bondigrybwyll. Ond roedd 'na ryw sicrwydd yn 'i
phenderfyniad a'r gwaith wedi bod yn ddigon clên
ynghylch y peth. Mor glên ag y gall cyfryngis fod,
meddyliodd. O'dd hi'n edrych fel bod angen
gwyliau arni, felly? Gwingodd a cheisio gweld 'i
hadlewyrchiad yng ngwydr brwnt y ffenest.

Yn yr hanner gwyll a'r cloc yn taro naw ro'dd
pob dim yn edrych yn anghyfarwydd ac ro'dd hi'n
hoffi hynny. Ystafell wely rhywun arall o'dd hon ac
nid yr hen lenni porffor o'dd yn codi'r felan arni
bob tro ro'dd hi'n deffro. Ro'dd hi'n braf cael bod yn
rhywun arall a cha'l ymlacio yng nghroen yr actores.
Ro'dd hi wedi edrych ymlaen drw'r dydd at gael
cynnau'r smôc a gadael i'r dail gwyrdd 'i hudo i ryw
fyd symlach. Wrth iddi anadlu'r mwg, ceisiodd ail-
fwynhau'r teimladau a'i llenwodd ar 'i diwrnod olaf
yn y gwaith. Do'dd dim teimlad gwell. Teimlad
'ffwrdd-â-hi, pwy-sy'n-becso achos fydda i ddim yma
i ddelio gyda'r cach yn bwrw'r ffan yfory beth
bynnag'. Ac ro'dd pob dim yn haws ar ôl smôc. Y
meddwl yn canolbwyntio ar un gweithgaredd yn lle
hanner dwsin. Yn hoelio sylw ar fywyd ar y pryd,

gan gymylu'r pethe bach ychwanegol, y pethe bach dibwys. Yno, yn yr anadliad, ro'dd y pethe bach o'dd yn ymddangos yn ddibwys fel arfer yn dod yn rhan annatod o'ch bywyd. Symud eich braich, cyffwrdd â'ch boch ac anadlu. Smygodd eto. Hwyrach mai dyma oedd bod yn ddyn. Heb y gallu i 'mylti-tasgio' fel ro'dd pawb yn sôn amdano byth a hefyd, y gallu i ddelio â'r dydd a gwagio emosiynau yn whilber orlawn 'i anghofrwydd. Ai dyna o'dd dynion yn ei wneud, felly? Yn dewis anghofio'u bod nhw wedi rhannu gwely gyda chi. Anghofio'u bod nhw wedi rhannu bywyd, rhannu llaeth a bil ffôn gan gario ymlaen â'u bywydau Caerdydd di-nod, hebddi hi? Duw a ŵyr, ro'dd hi wedi profi'r peth yn ddigon aml. Yn teimlo fod pethau'n dechrau symud ac yna'n cwympo'n fflat ar ei hwyneb. Os mai dyma fel roedden nhw'n meddwl, do'dd dim rhyfedd nad o'dd hi'n 'u deall. Beth bynnag ro'dd hi wedi penderfynu heddiw, do'dd dim angen dyn arni. Ro'dd hi'n ferch yr unfed ganrif ar hugain, yn annibynnol.

Syllodd yn hir ar ei hewinedd cyn tynnu llawes y siwmper lliw hufen dros ei llaw fel cadachau'r gwahanglwyfus. Gadawodd i'w phen ddisgyn ymlaen cyn estyn am y ddysgl lwch. Sugnodd yn foddhaus ar y mwgyn gan fwynhau'r blas fel menyn melys ar 'i thafod. Stwff da oedd hwn. Dim geriach yn gymysg â pholish esgidiau a Duw-a-ŵyr-beth-arall ond dail gwyrdd, pur. Yn y coleg roedd ambell ffŵl wedi cynnig smôc iddi a honno'n llawn dop o rwtsh am 'i bod yn rhad. A do'dd dim modd anghofio sut effaith gafodd hynny ar ambell un o'i ffrindiau. Hunllefau golau dydd. Na, dyma o'dd y stwff puraf iddi 'i gael erioed. Ond wedi dweud hynny, ro'dd hi'n casáu'r stwff hefyd. Yn gwybod y byddai hi'n hen ast yfory ac yn becso fod pawb yng Nghaerdydd yn siarad amdani. Yn clebran 'u bod nhw wedi clywed 'i bod hi'n mynd ar 'i gwyliau gyda hen fenyw. Llethwyd hi gan eiliad aflan o baranoia. Pam o'dd hi'n gwneud y stwff 'ma? Peth erchyll o'dd e hefyd. Methu anadlu, becso nad o'dd hi'n gallu anadlu . . . Meddylia am rywbeth arall ferch, meddyliodd, meddylia am rywbeth arall. Cofiodd yn sydyn. Bron iddi anghofio. Ro'dd Mrs Blanche wedi rhoi cryno-ddisg iddi ar ddiwedd y wers arlunio. Ceisiodd godi – ond ni fedrai am amser. Ro'dd y gwyrddni wedi'i sodro hi'n gelen wrth y carped, a'r bag coch bellach yn rhan annatod ohoni. Ymhen hir a hwyr cododd ac estyn y cryno-ddisg o'i bag. Ymlwybrodd tuag at y chwaraeydd a'i dalpio'n ddiog ynddo. Eisteddodd a chuddio gweddill y stwff. O'r neilltu, o'r co. Arhosodd yn eiddgar yn y tawelwch a chofiodd am R. S. Thomas yn dweud wrth iddo aros am ateb Duw i weddi: 'The meaning is in the waiting.'

Llifodd y llais drosti fel llaeth yn llenwi paned. Pwy o'dd hi? Cantores ynteu ganwr? Pa *genre*? Do'dd hi ddim yn gwybod. Teimlai embaras nad o'dd hi'n gwybod fawr ddim am gerddoriaeth. Dim am gerddoriaeth o'dd allan o'r norm beth bynnag. Ro'dd 'i MP3 hi'n llawn o stwff y siartie ac ambell albym Ffrengig – a hynny dim ond oherwydd fod ganddi obsesiwn â Pharis. Rhyfedd nad o'dd hi wedi mynd yn bellach na Ffrainc yn gerddorol. Diogi oedd yr holl beth, debyg. Duw a ŵyr, roedd hi'n deisyfu am gael bod y person o'dd yn gwybod popeth am gerddoriaeth pob man. Roedd rhyw hyder du yn y nodau oedd yn cael 'u canu heno, ac eto rhyw swildod rhywiol. A'r geiriau. Pam o'dd Mrs Blanche wedi dewis cân o'r fath? Ro'dd Anest yn nabod yr hen lêdi'n ddigon da i wybod na fyddai hi'n dewis cân gynta heb arwyddocâd:

Love me or leave me and let me be lonely
You won't believe me but I love you only
I'd rather be lonely than happy with somebody else.

Ai am nad o'dd Anest erioed wedi bod mewn cariad ro'dd Mrs Blanche yn gwneud hyn? Er mwyn pwysleisio pa mor wag o'dd 'i bywyd hi? Calliodd. Ro'dd geiriau caneuon wastad yn atgoffa dyn yn 'i wewyr o'i wewyr 'i hun, hyd yn oed os oedd yn rhaid gwirio'r geiriau er mwyn cydymffurfio â'i fywyd. Calliodd drachefn. Pa wewyr gwirioneddol o'dd yn 'i bywyd hi beth bynnag? Ro'dd fel petai Mrs Blanche yn ceisio awgrymu fod Anest mewn gwewyr pan nad o'dd hi. Ystyriodd Anest eto. Efallai fod yna reswm i ailfeddwl am bethe fel ag yr oedden nhw. Do'dd dim byd o bwys yn digwydd yn 'i bywyd, roedd hynny'n wir. Wel, ro'dd hi wedi cymryd cam yn y cyfeiriad cywir wrth gytuno i fynd i'r Eidal beth bynnag. Newid byd a gwneud penderfyniadau ar hap. Gwneud fel y mynnai.

Newidiodd pethau yr eiliad honno. Cantores deimladwy yn rhwygo enaid un ar lawr 'i hystafell wely. Bron fel petai'n teimlo gwewyr nad o'dd yn perthyn iddi hi, am fod y llais yn rhwygo drwyddi.

Chlywodd Anest ddim mai Nina Simone oedd yn canu nes iddi eistedd fel darn o india corn ar yr awyren, a'r stribedi o resi'n rhedeg am sbel o'i blaen. Trodd Mrs Blanche ati a'i sgarff pashmina borffor am 'i gwddf:

'Cariad, os y'ch chi'n hoff o Nina fyddwch chi'n hoff o Billie, o Ella a . . . O! Mae'r holl beth yn ysblennydd! A haul Toscana yn gefndir.'

Ro'dd brwdfrydedd Mrs Blanche yn araf dreiddio i waed Anest a hithau newydd decstio'i ffrindiau drwgdybus:

'O mai God! Wy'n actiwali mynd. An x'

Ro'dd pob dim mor swreal a hithau'n teimlo mor rhydd er 'i bod ynghlwm mewn gwregys. Ro'dd meddwl am hedfan yn ddigon i godi cyfog ac eto yn gwneud iddi fod eisiau gweiddi mewn llawenydd ar yr un pryd. Ac yna yn sydyn, wrth iddi sylweddoli 'i bod hi'n sownd yn y gadair a bod yr awyren yn gwibio'n wyllt ar hyd y concrit, llanwyd hi â phanig llwyr, er na ddangosodd hi ddim i neb. Gyda phwy o'dd hi? Beth o'dd wedi dod dros 'i phen i gytuno i'r fath drip? Yr unig wyliau tramor ro'dd hi wedi bod arno erioed o'dd trip merched coleg i Magaluf, a dyma hi'n eistedd wrth ymyl person nad o'dd hi wir yn 'i nabod o gwbl. Yr unig bethau wyddai Anest am

Mrs Blanche bron iawn o'dd 'i bod hi'n weddw ac yn hoff o gerddoriaeth jazz. Ro'dd pob dim arall am 'i chymeriad wedi'i greu yn nychymyg Anest. Dechreuodd anadlu'n drwm. Sobrodd a suddo'i phen yn ôl ar y glustog goch fel bara brown yn suddo mewn cawl tomato. Ro'dd hon wrth 'i hymyl wedi bod yn glên iawn. Wedi gweld merch ifanc o'dd mewn rhigol, ac am agor 'i llygaid hi. Ro'dd hi'n ffrind ac roedden nhw wedi clicio. Callia, Anest, meddyliodd.

'Wy'n gwybod yn union fel rych chi'n teimlo Anest. Ma' 'na berson diarth yn eistedd yn y sêt drws nesa i mi hefyd. *Dwi* ar fy mhen fy hun. Ma'n rhaid i chi gofio 'mod i yn yr un twll yn union. Prin rwy'n eich nabod chi ond ma' 'na rywbeth rhyngom ni fel ffrindiau. Dwi'n siŵr y gwnewch chi gytuno . . .'

Sut o'dd hi'n gallu darllen 'i meddwl hi fel hyn? Agorodd llygaid gwyrdd Anest led y pen a sugnodd ei gwefusau.

'Sori, Mrs Blanche. Wy yn sori. Odw i mor dryloyw â hynny?'

'Fe ddown ni i nabod ein gilydd yn well, Anest, a chael cyfle i ymlacio. Peidiwch â gor-feddwl. Do's dim byd na all Toscana a Thelonious Monk mo'u datrys, credwch fi.'

Am rai eiliadau llygadodd Anest 'i ffrind newydd mewn anghrediniaeth. Ro'dd hi'n hoffi meddwl y basai hi'n gallu bod fel hon ryw ddydd. Mor sicr 'i barn, mor gadarn ac, yn bennaf oll, mor rhyfedd o ddoeth. Fyddai dim byd yn well ganddi hi na bod yn hen ddynes osgeiddig hefyd. Ro'dd hi'n rhyfedd, y ffordd ro'dd y meddwl yn gallu gwibio o un peth i'r llall mewn eiliadau. Ysai am gael 'i dal ym mreichiau Mrs Blanche fel 'tai'n fam iddi, ac am gael sugno'r doethineb a'r rhywioldeb ohoni. Anadlodd 'i phersawr i'w hysgyfaint a hudwyd hi i fyd o hen fenywod athrawesol. Hen athrawesau 'i hatgofion. Pam o'dd creadures mor rhyfedd o unigryw ac arbennig yn malio botwm corn am Anest? Ro'dd hynny'n gwestiwn gan bawb o'dd wedi clywed am y trip – gan Anest, gan 'i mam, gan 'i ffrindiau. Ond ro'dd un yn holi'n fwy na'r lleill pam fod Mrs Blanche yn malio – a Mrs Blanche 'i hun oedd honno.

*   *   *

Swreal oedd y cyrraedd wedi'r glanio. Dwy yn chwyslyd gyffrous, yn neidio i mewn i gar ac am deithio tua'r gogledd. Haul a gwres, y môr a'r tes yn ysgytlaeth cyffrous ym mhen Anest wrth iddi yrru'i mam fabwysiedig i'w chartref.

'Chi sy'n gyrru a fi fydd y DJ. A chofiwch holi os ydych chi am wybod rhywbeth am yr artist. Iawn?'

Ymlaciodd Anest yn 'i sedd ledr a gwibiodd y car ar hyd y ffyrdd. Chafodd hi mo'r cyfle i hel meddyliau. Ro'dd hi'n mynd i fod yn sbwng am wythnos, yn cael amsugno gwybodaeth am gerddoriaeth ac am fywyd. Roedd hi wedi penderfynu hyn, ac yn hapus iawn i wneud hynny hefyd. Wedi gwthio unrhyw bryderon o'r neilltu.

I Mrs Blanche rhan fwyaf cyffrous y gwyliau

fyddai'r daith yn y car. Fel jazz roedd y daith a'r ffyrdd diarffordd mor ddigyfeiriad, ac oherwydd hynny yn gyffro i gyd. Dyma o'dd y darn mwyaf cyffrous, felly – yr aros, y chwilfrydedd a'r ffaith nad yw dyn mewn rheolaeth wrth deithio. Ddywedodd hi ddim byd wrth Anest. Ro'dd rhai pethau'n well os oeddech chi'n 'u cadw nhw i chi eich hun; roedd opsiynau a chordiau, nodau a synau o bob math o'u blaenau. Rhyddid yn caniatáu anghytseinedd a rhediadau cromatig. A phob dim i ddod. Dim ond un artist fyddai'n addas ar gyfer y daith, felly, a hwnnw'n fwrlwm o gyffro. Ei alawon e'n ddryswch a philipala'r nodau yn hedfan dros bob man:

'Ie, John Coltrane yw'n partner ar y daith i Doscana, Anest. Mae e'n gallu bod yn anodd ar y glust am nad yw e bob amser yn gwneud fel y mae'r glust yn 'i ddisgwyl . . . Mae'n dy gusanu ar dy wddf pan nad wyt ti'n disgwyl hynny. Yr hen gnaf ag e.'

'A dyna beth yw'r daith hon, ontyfe, Mrs Blanche? Taith ar hap i rywle wy erio'd wedi bod. Troade yn y ffyrdd nad ydw i'n 'u dishgwl nhw. Syniad da cael cerddoriaeth debyg wedyni. Pa gryno-ddisg yw hon, 'te?'

Synnwyd Mrs Blanche gan frwdfrydedd 'i disgybl a'r ffaith ei bod hi'n dechrau efelychu'i hathrawes. Roedd hi'n amlwg 'i bod hi wedi mwydro digon ar yr awyren.

'A Love Supreme yw hon. Clasur erbyn hyn. Bron 'i bod hi'n ystrydeb. Dwi'n hoff iawn o'i weithiau Coltrane's Sound a Live at Birdland, ond mae hon yn hwyl i wrando arni. Yn annwyl i mi erbyn hyn, er 'i bod hi'n orffwyll. Mae'n waith trefnus iawn yn y bôn. Mae modd i ti ddarllen gweddi arbennig gyda'r nodau a sylweddoli fod y sax yn canu'r geiriau.'

Gallasai Anest fod wedi crio wrth wrando arno. Ro'dd y sax yn sgrechian crio ar adegau, yn gwaedu nodau ysbrydol. Roedd hi'n methu credu nad o'dd hi wedi clywed y fath ing o'r blaen. Ac eto, do'dd dim synnwyr, dim thema gyfarwydd yn cydio yn y glust. Efallai mai dyna hoffai Anest, y ffaith nad o'dd y trywydd yn glir. Heb na dechrau, canol na diwedd. Pe bai'n dweud hynny oll wrth 'i phartneres, mae'n debyg y basai hi'n credu fod y disgybl yn llyfu tin. Ond ro'dd Mrs Blanche yn gwybod fod Anest yn mwynhau, yn gwrando a'i bysedd bach yn ceisio cadw rhythm ar yr olwyn. Ro'dd Mrs Blanche wedi taro'r hoelen ar 'i phen. Gwrandäwr o fri o'dd Anest. Gallai Mrs Blanche daeru fod pob dim a ddywedai hi yn gludo fel cleren mewn jam yng nghof Anest. Dyna oedd yn 'i denu hi at 'i ffrind ffyddlon. Ac ie! Dyna o'dd. Ro'dd Mrs Blanche yn bwerus yng nghwmni Anest. Dyna ro'dd hi'n 'i lico. Ac wrth i Mrs Blanche ddeall hynny, gallasai ymlacio. Gyrrodd Anest am oriau wedi hyn heb ddim ond sŵn cerddoriaeth.

'Stopia'r car! Stopia'r car, ferch! Nawr! Blydi hel!'

Bu bron i'r gwm cnoi o'dd yn fintys i gyd ar gychwyn y daith dagu yng nghefn gwddf Anest. Ro'dd Mrs Blanche yn gweiddi'n wyllt a Coltrane yn cystadlu gyda'i ganeuon o *Giant Steps*. Beth oedd o'i le? O'dd Anest wedi taro rhywbeth yn 'i pherlewyg? Wedi colli'r troad? Dyma stopio mor fuan ag o'dd posib gwneud tu allan i dŷ gwyn twt â tho gwellt a dim i'w gysgodi ond bryniau isel prydferth.

'Perffaith,' meddai Mrs Blanche cyn troedio'n drwsgwl o'r car. Clywodd Anest gric yng nghoesau'r hen wreigan. Ro'dd haul y pnawn yn dal i fod yn danbaid. Erbyn hyn, ro'dd Anest yn ddryslyd flinedig a'i chorff yn diferu o chwys teithio. Rhyw chwys gwahanol i'r arfer. Budreddi 'di glynu wrthi a diffyg dŵr yn 'i system wedi'r hedfan wedi'i gadael yn gadach sych o groen ac esgyrn. Syllodd ar Mrs Blanche yn sythu'i gwallt â'i dwylo cyn iddi ddiflannu y tu ôl i'r tŷ bach twt. Am eiliad, daeth rhyw ofn sydyn drosti eto. Beth ar y ddaear o'dd hi'n 'i wneud yn yr Eidal gyda dynes ro'dd hi ond yn ei lled-adnabod? Lle o'dd adref? I ba gyfeiriad? Llethwyd hi gan atgofion o hiraeth pan o'dd hi'n arfer casáu aros yn Llangrannog ar dripiau gyda'r capel. Blinder o'dd yn gyfrifol. Y teimlad rhyfedd o beidio gwybod i ba gyfeiriad ro'dd adre.

'Bihafia, Anest,' llyffantodd yn uchel a'i llais yn gryg. 'Ma' hwn yn cŵl, ma' hwn yn wirioneddol cŵl.'

Syllodd ar 'i llygaid gwyrdd yn y drych. Weithiau, roedd hi 'i hun (heb fod yn hy) yn gallu gweld bod 'i llygaid yn ddigon prydferth. Ond heddiw, roedden nhw'n edrych yn gul, ac ro'dd sachau du o danyn nhw. A lle ro'dd Mrs Blanche? Wedi'i hamddifadu hi. Ro'dd dryswch Coltrane yn hurtwch creulon a Mrs Blanche wedi bod bant ers sbel.

Syllodd i gyfeiriad y gornel lle ddiflannodd hi. Ro'dd hi bron iawn fel atgof nawr. Ysai am gael cwmni unwaith yn rhagor. A chwmni Mrs Blanche hefyd. Ro'dd eistedd yn stond wedi codi syched a chwant bwyd arni. Daeth 'i chyfaill fel llewpart tuag ati â'i dwylo hi'n llawn. Gwenodd Anest yn betrus arni, bron iawn fel chauffeur. Beth o'dd ganddi hi yn ei dwylo? Dda'th 'na ddim smic o'r tŷ bach gwyn, dim arwydd o fywyd, ac eto dyma Mrs Blanche â llond 'i dwylo. Agorodd Anest y drws drosti o'r tu fewn gan dynnu'i chorff yn denau tuag at yr handlen:

'Diolch, Anest. Meddwl oeddwn i y buasech chi'n hoffi rwbeth bach i dorri syched.'

'Wel ie, wrth gwrs. Sen i wrth 'y modd. Ond pam nathoch chi weiddi fel nethoch chi?' Teimlodd Anest fod 'i chwestiwn wedi ymddangos braidd yn drahaus. Ro'dd blinder yn 'i gwneud hi'n fyr 'i hamynedd.

'Dwi'n hynod flin. Mae'r gŵr sy'n byw yn Montelandi yn hen ffrind. Roedd arno ffafr a . . .' Cliriodd 'i gwddf yn ofalus a byseddodd gynnwys y bagiau papur brown, 'wel, dwi am i chi flasu rhyfeddod. Bwyd ar ei newydd wedd. 'Da chi'n gweld, mae'r pethau symlaf,' a syllodd i fyw llygaid Anest, 'mae'r pethau symlaf yn blasu cymaint,' cydiodd yn llawn angerdd yn llaw Anest, 'cymaint yn fwy blasus. Drychwch!'

Ac estynnodd, fel brenhines, domato i law 'i ffrind. Bu bron i Anest chwerthin mewn anghrediniaeth. Byddai ei ffrindiau hi adre wedi cael hysterics yn gwylio'r tomato yn cael 'i ddatgelu. Blydi tomato! Ond daeth yr un angerdd drosti.

Ro'dd symlder y ffrwyth yn symbol o rywbeth, ond wyddai hi ddim beth. Ro'dd e'n arwydd o fyd symlach, di-ffys. Heb becynnau plastig lle mae'r lliw ar y pecyn yn fwy llachar na lliw'r ffrwyth. Dyna'r tomato mwyaf crwn, mwyaf coch, mwyaf blonegog ro'dd Anest wedi'i weld erioed.

Suddodd ei dannedd i groen y ffrwyth a llifodd y dŵr melys a'r hadau fel fflodiart ar 'i thafod sych. Chwistrell o ffresni a blas go-iawn, heb ei drin a'i drafod â chemegolion, heb 'i gario a'i gadw mewn bocsys. Purdeb yn 'i rym, ac yno yn y car a chwys y dydd yn haen o groen ychwanegol drosti, agorwyd llygaid Anest Gwyn i fyd o ffrwythlondeb. Agorwyd 'i chlustiau hi hefyd, i burdeb digyfaddawd Coltrane. Ro'dd yr hadau a'r nodau'n gybolfa felys yn 'i cheg.

4

Pob un o'i heddweision yn gam i gyd. Ych! Do'dd dim byd yn ddigon strwythuredig i Piccolomini y dyddiau hyn. Edrychodd ar y goeden o'dd yn sefyll o'i flaen. Mor annioddefol o naturiol, yn gwyro tua'r ffordd fel 'tai'n ffarwelio â'r pentrefwyr yn eu ceir. Gwthiodd Sarjant Piccolomini 'i gefn yn syth yn erbyn y wal gerrig. Byseddodd 'i siwt carabinieri drwchus a diolchodd i'r Forwyn Fair 'i fod e mewn iechyd. Diolchodd ei fod yn heddwas, diolchodd fod 'i wraig yn ffyddlon a bod 'u meibion nhw mor olygus ac mor driw iddynt. Do'dd e ddim yn gwybod fod y naill (ar yr union adeg yr hedfanodd y weddi tua'r haul) yn syrffio'r we gan syllu'n geg-agored ar fenyw noeth o Rio di Janeiro'n siglo'i thin a bod y llall yn ganabis i gyd a'i ben ar lawr cerrig oer mewn tŷ cyfagos. Oedden, roedden nhw'n angylion. Yn parchu'u tad (a thrwy hynny, y Ddeddf). Gwenodd Piccolomini a dangos rhes o ddannedd melyn.

Dyma'r chwys yn llifo'n araf, ddafnog dros ei wyneb. Hen wyneb pigog. Ro'dd yr haul yn danbaid ar hyn o bryd. Yn annioddefol felly. Ugain mlynedd o eistedd a syllu ar Buon Torrentóri. Dyna mewn difri oedd 'i ddyletswydd e – a chael lliw haul yn y fargen. Tase rhywun ond yn gofyn, byddai modd iddo restru holl ddigwyddiadau'r pentref heb ddwys-ystyried hyd yn oed. Pob genedigaeth, pob marwolaeth, pob salwch, pob tro y deuai mam yn ôl o'r orsaf drenau yn ddagrau i gyd ar ôl ffarwelio â'i gŵr, ei phlant a'i hieuenctid. Nid fod Piccolomini wedi sylwi ar hynny, wrth gwrs. Cofnodi er lles y pentref, er lles dynoliaeth, dyna o'dd 'i swyddogaeth ar y ddaear, ac felly os o'dd rhyw ffŵl yn ddigon o foi i garu â gwraig rhywun arall ar gornel stryd ro'dd gan Piccolomini ddyletswydd i gofnodi hyn yn 'i lyfr nodiadau toreithiog. Cyn belled â bod 'i deulu'i hun yn cadw wyneb ro'dd pob dim yn iawn. A pham lai? Wedi'r cyfan, ro'dd enw gan y Piccolominis i'w gynnal. Ro'dd y Piccolominis yn deulu aristocrataidd ganrifoedd yn ôl. Ro'dd pawb yn y fro yn 'u parchu a phawb yn troi atynt mewn awr dywyll. A dweud y gwir, fyddai neb wedi meiddio dweud dim yn 'u herbyn am 'u bod nhw'n perthyn i bawb bron iawn. Yn rhan o wreiddiau cnotiog teuluoedd Toscana â rhyw fys ym mhob un potes. Ac wedyn, dyna pam ro'dd hi *mor* anodd credu 'u bod nhw fel roedden nhw heddiw. Fe gafwyd ambell ddegawd o ddistryw am i deulu'r Piccolomini fodloni'n rhy hir ar 'u hach a'u henw heb feddwl be allen nhw 'i wneud ar y ddaear. Ro'dd Sarjant Piccolomini yn cyfri'i hun fel un o'r to newydd o'dd ar y ddaear i adnewyddu achau'r Piccolomini gwreiddiol ac, oherwydd hyn, teimlai gryn bwysau ar 'i ysgwyddau tenau. Bechod drosto hefyd.

Tynnodd ei law yn araf dros 'i wyneb gan lusgo'r chwys a'r llwch o chwaren i chwaren. Dechreuodd anadlu'n ffug-bwerus drwy'i drwyn, gan sugno blynyddoedd o deimladau uchel-ael i'w ysgyfaint a phesychu lwmpyn o boer gwyrdd i'w wddf. Dyma'i saethu tua'r llwch oren ar y llawr. Iesgob, ro'dd heddiw'n ddiflas. Fyddai dim clecs i'w hadrodd dros fusilli heno. Dim stori drist am hen wreigan gloff na chyfle euraidd i fod yn awdurdodol yn wyneb argyfwng. Dim ond haul fel bod mewn popty ping, yr ysfa i eillio'r hanner barf o'dd yn tyfu fel blew cactws dros 'i ên a llond pen o wyrddni ffiaidd yn 'i wddf. Do'dd bywyd carabiniero parchus ddim yn fêl i gyd. Crafodd 'i geilliau a dyma atgof yn fflio ato fel cleren at ddom da. Cofio'i dad yn mynd â fe am dro pan o'dd yn grwt a chofio drachefn nad o'dd yn ddyn iach iawn ar yr adeg hynny. Ro'dd e'n peswch byth a hefyd a phob tro'n cwyno am 'i frest. Do'dd e ddim yn smygu chwaith. Daeth rhyw bang rhyfedd dros Piccolomini – pang o boeni a pharanoia mai'r hyn o'dd ar 'i dad o'dd ar 'i frest ef 'i hun. Fel 'tai'r holl beth yn cael ei ailadrodd a'i fod e'n mynd i farw'n fuan. Dechreuodd y chwys lifo fwyfwy a llaciodd fwy ar goler 'i siwt carabinieri. Ro'dd e'n dechrau teimlo fel 'tai'n cael 'i wasgu, yn cael 'i goginio o'r tu mewn, a bod yr haul yn 'i hoelio i'w unfan. Daeth y panics i ben ar ôl ychydig. Ro'dd yn aml yn becso y byddai'n marw'n sydyn. Bron iawn fod y peth wedi dod yn arfer, yn draddodiad rhyngddo fe ac ef 'i hun.

Wedi'r ffit o boeni, eisteddodd yno gan anadlu'n ddwfn, a hynny drwy'r prynhawn. Yn arsylwi. Do'dd dim awel, a'r siwt carabinieri – a wnaed o ddefnydd trwm – wedi'i lapio am 'i gorff. Ac felly, eisteddodd yno fel cofeb, yn anesmwyth ac yn ddedwydd am yn ail. Eisteddodd yn dawel, gan syllu ar Torrentóri. Ei lygaid ar agor led y pen, yn eistedd yn erbyn y cerrig yn llawn hunanreolaeth. Ei anadlu'n araf ac yn hir. Yn sugno pob dim fel sbwng. Yn wal â chlustiau. Crafodd ei geilliau.

A'r peth rhyfedd o'dd bod Piccolomini yn wironeddol deimlo'r gwerthfawrogiad a ddeuai i'w ran drwy'r amser gan y pentrefwyr. Mor lwcus oedden nhw fod ganddyn nhw, yn Piccolomini, yr heddlu-un-dyn mwyaf effeithiol yn Toscana. Gwenodd yn gynnil. Do'dd e ddim yn cael y cyfle'n aml i ddiolch fod pawb mor werthfawrogol. Gwnaeth arwydd y groes ar ei ben a'i ysgwyddau ac eistedd yn ôl yn fodlon. Piccolomini druan. Wrthi'n dychmygu'r bedestal ro'dd y pentrefwyr yn ei weld e arni. Câi freuddwydio fel hyn am byth. Peidiwch â chamddeall, ro'dd e'n enwog. Yn enwog iawn. Pob pâr ym mhob tŷ yn 'i drafod e rhyw ben bob nos. Nid fod pawb yn 'i gasáu chwaith. Ar ôl diwrnod caled o waith yn y gwres, a phob dim yn ludiog am 'ych corff, ni fyddai dim yn well gan ambell un o'r trigolion na chael clywed rhyw si neu stori am anturiaethau Sarjant Piccolomini dros swper. Y Sarjant o'dd â'r gallu i newid y byd a newid dim byd ar yr un pryd. Ro'dd rhywbeth annwyl ynghylch y peth. Rhywbeth shimpil a diniwed fel cartŵn gwael. Gallai'r straeon hyn godi cymaint o hwyl nes bod rhai'n chwerthin â'u boliau ar dorri, yn un hyrddiad o strancio hysterig. Ni châi glywed am hyn, dim hyd yn oed ar 'i wely angau ymhen pum mlynedd pan fyddai ganddo ganser ar 'i geilliau. Câi farw â gwên dew ar 'i wyneb, yn ddedwydd o wybod y byddai'r galaru'n parhau am flynyddoedd yn Buon Torrentóri. Ond stori yfory yw honno, a chaiff aros.

A thra bu'n dyfalu'i farwolaeth 'i hun yn yr haul, daeth hanner dydd â'i haul i gawrio dros Buon Torrentóri.

Ro'dd un fam hyd yn oed yn defnyddio Piccolomini fel rhan o'i phregeth er mwyn i'r plant ddechrau gweithio yn yr ysgol – 'Cofia weithio fel y cei fynd i Siena, 'machgen glân i, neu mi fyddi di'n un â'r wal, fel Piccolomini.' Byddai parau ifanc neu gariadon oedd yn cael affêr, am sleifio i'r tywyllwch i garu â'u gwallt yn 'u hwynebau, yn gwybod yn iawn fod angen cuddio rhag llygaid gwyliadwrus, milwriaethus Piccolomini. Mae'n debyg fod hynny'n fwy pwysig na chuddio oddi wrth 'u partneriaid – 'Wnawn ni gwrdd ar Stryd Montalcino, ond cofia osgoi'r sgwâr rhag cael dy hun ar y CCTV! Piccolomini ddiawl.'

Do'dd dim dal pam, ond rhywffordd, pnawn 'ma, edrychai 'i wyneb Eidalaidd bron yn olygus, fel cowboi y tu allan i'w salŵn. Beth fyddai Buon Torrentóri yn 'i wneud heb 'i ofal? Meddyliodd yn ddwys. Casglodd na fyddai diben meddwl am drasiedïau o'r fath. Estynnodd i'w boced am 'i flwch a'i agor yn ofalus. Dechreuodd gnoi baco a cheisio anwybyddu'r gwres. Diolchodd am yr eildro heddiw i'r Forwyn Fair am 'i fodolaeth 'i hun, a chrafodd 'i geilliau.

*   *   *

48

Na, fyddai bwyta'n gwella dim ar y boen ac, a dweud y gwir, ro'dd hi'n mwynhau 'i chadernid 'i hun. Weithiau do'dd dim yn well na pheidio bwyta a chael mwynhau'r peidio bwyta. Cael hoffi dy gorff os ond am bum munud, a chael rheoli'r ffaith nad o'dd dim am fynd trwy dy geg di am sbel. Ac yna'r teimlad o orfoledd gwanllyd pan o'dd dy gorff di'n crefu am gael darn o fara i'w lyncu'n frysiog. Rhyw herio mewnol, rhyw ysfa ryfedd i gael brwydro â thi dy hun. Gorweddai Mariella ar 'i gwely a'i chroen yn llifo'n donnau rhwng y blancedi gwyn. Byseddodd dudalennau'r llyfr. Roedd hi wedi llwyddo i anghofio am 'i bywyd wrth ddarllen y stori fer ddiwetha. A ble oedd 'i mam? Do'dd dim sôn wedi bod amdani ers yr halibalŵ yn y llofft yn gynharach. Craffodd ar 'i horiawr. Daeth y felan drosti. Am y tro cyntaf ers iddi fod yn ifanc llanwyd ei gwddf â phanig. Doedd amser yn golygu dim. Dim. Tri o'r gloch a dim o'i blaen. Dim ond düwch. Tri o'dd yr awr fwyaf llawen gwta wythnos yn ôl. Dim ond wythnos yn ôl. Tri o'r gloch a Marco wrthi'n paratoi yn y tŷ bwyta. Ei waith torri, ffrio a berwi yn dod i ben am ddwy awr. 'Oriau'r aros' oedd 'i ffordd e o'u disgrifio nhw. Oriau o baradwys oedden nhw erbyn y diwedd. Oriau o fwynhau bod yng nghwmni'i gilydd cyn wynebu gwylltineb y noson o'dd o flaen Marco yn y bwyty. Gwahardd y meddyliau hyn fyddai orau. Caeodd 'i llygaid a llifodd deigryn cynnes at 'i gwefus. Mor ddibwrpas o'dd y cyfan. Yn profi dim. Nid deigryn mewn ffilm lle ro'dd pawb yn 'i astudio. Deigryn fyddai'n cael 'i anwybyddu.

ganol oed a drigai ym Mrugge, gwlad Belg, dynes o'dd wedi colli'i gŵr mewn damwain car flynyddoedd yn ôl.

*   *   *

Roedd 'i sefyllfa ariannol hi'n freintiedig. Câi fynd fel y mynnai i Monte Carlo a Pharis pe dymunai. Câi fwyta bwydydd estron yn Llundain a Barcelona yng nghwmni ffrindiau bore oes. Byddai'n medru gwario miloedd ar geir, ar ddynion ifanc ac ar deulu pe bai'n hoffi gwneud hynny. Dewisodd beidio. Dim ond un peth o'dd yn dwyn bryd y ddynes. Un peth yn fwy na dim yn y byd. Dillad.

Ro'dd hi'n ddynes nobl â gwên ar 'i hwyneb bob amser. Hoffai godi cyn cŵn Caer a mynd i siopa ym Mrwsel ar y trên. Eisteddai yn yr un caffi bach bob dydd, ac archebai yr un peth bob dydd. Coffi, (llaeth, un siwgr) a croissant. Am hanner dydd, bob dydd (ar wahân i'r Sul, pan fyddai'n gwneud nodyn o bob dilledyn o'dd ganddi) byddai'n codi'n araf, fwriadol o'i sedd, yn diolch o galon i'r gweinydd ac yn llathru fel llwynog drwy'r ddinas.

Gwibiai drwy'r strydoedd, boed law neu hindda, heibio'r strydoedd siopa arferol, heibio i'r cardotyn golygus a eisteddai ar y gornel dywyllaf. Safai ymhlith y cannoedd a groesai ffyrdd llawn ceir, faniau a lorïau nes cyrraedd tŷ di-nod a safai y tu ôl i'r strydoedd llawn morgrug. I mewn â hi, ac yno mewn boutique bychan (mewn lle na ŵyr neb amdano) byddai'n ymgolli mewn gwisgoedd o bob lliw a llun. Nid dillad ffansi ond dillad â min, eu gwneuthuriad yn gelfydd. Byseddai'r defnydd gan syllu'n ddwys ar y gwniadwaith a'r steil. Byddai'n prynu gwisg bob tro ac i ffwrdd â hi yn ôl drwy'r

strydoedd, boed law neu hindda, yn ôl drwy'r strydoedd
siopa arferol, sefyll ymhlith y cannoedd a chroesi ffyrdd
llawnach fyth o geir, faniau a lorïau cyn gwibio heibio i'r
cardotyn ar y gornel dywyllaf heb arlliw o euogrwydd.
Yn ôl ar y trên, ac wrth basio un bont, dyheai bob dydd
am i'w gŵr ddod ati ar y trên a dweud, 'diwrnod da o
siopa cariad?' Dyna'r oll. Dyna'r oll.

Bu'r ddynes flonegog wrthi felly am flynyddoedd, yn
casglu gwisgoedd drud ac anhygoel. Gwneuthuriad o
safon a defnyddiau lliwgar a phatrymog o wledydd
egsotig. Un tro, cafodd gardigan wlân werdd o gyffiniau
Cymru. Cardigan flewog fel lindys o'dd hi. Ymfalchïai
yn 'i symlder ac am iddi gael 'i gwneud mewn melin
ym Mhrydain gan Saeson. Mor braf fyddai cael byw
yno, yn Lloegr, a chael dillad o safon ym mhob siop.

Byddai'n pentyrru'r gwisgoedd mewn twmpathau
taclus mewn un cwpwrdd pren yn 'i hystafell wely, yn
ymyl 'i gwely. Yn gwmni iddi. Fyddai hi byth yn
meiddio gwisgo un ohonyn nhw. Ac ar ôl i'r cwpwrdd
lenwi byddai'n eu symud nhw'n seremonïol (ar y Sul) at
y gwely. Cysgai'n dawel ymhlith y campweithiau
cotwm a sidan a llin, ond ni fynnai wisgo un. Byth.
Ro'dd hi'n gwisgo jeans a chrys-T gwyn Bon Jovi ar
ddydd Llun, jeans a chrys-T Brugge ar ddydd Mawrth,
ac ymlaen felly drwy'r wythnos. Byddai'r stori yn un
hynod o anniddorol petasai'n gorffen fel hyn.
Diolchwch i'r diafol, felly, nad yw hi.

Ro'dd dau fachgen ifanc o'dd yn byw ar stryd y
ddynes â bronnau fel casgenni wedi clywed am 'i
chyfoeth hi ac am y ffaith fod ganddi filoedd ar filoedd
o wisgoedd drudfawr yn 'i hystafell wely. Un noson,
dyma benderfynu 'i dilyn hi am wythnos gyfan i weld a
oedd y straeon rhyfedd amdani'n wir. Chawson nhw
mo'u siomi. Fel watsh, ro'dd y ddynes yn cerdded

strydoedd Brwsel. Arhosodd y ddau fel llewod yn disgwyl am 'u swper. Doedd dim amdani ond cael cyfran o'i chyfoeth. Doedd dim bwriad ganddyn nhw anafu'r ddynes chwaith. Rhannu ychydig o'i chyfoeth oedd 'u hunig fwriad nhw cyn mynd yn ôl i chwarae â'u Playstation. Ond gwyddai'r ddynes 'u bod nhw'n 'i dilyn hi. Teimlai fod rhywbeth yn wahanol ynghylch 'i theithiau. Dau ŵr ychwanegol ar y trên i Frwsel bob bore a dau ŵr ychwanegol yn sefyll i groesi'r ffyrdd prysur. Aeth ati ar y nos Sul i werthfawrogi'i dillad drachefn gan anghofio am ddigwyddiadau rhyfedd yr wythnos. Syllodd, fel mam ar 'i phlant, ar y dillad a difaru braidd nad o'dd hi wedi'u gwisgo erioed. Cannoedd ar filoedd o haenau lliwgar yn 'i mygu hi. Ond doedd byth achlysur digon haeddiannol i'w gwisgo nhw. Dim cyfnod digon arbennig. Dim cwmni digon gwych i'w hawlio nhw ar 'i chorff. Llifodd deigryn cynnes i lawr 'i grudd. Dyna'r tro cyntaf er pan ddaru'i gŵr farw iddi grio o gwbl. Plygodd bob dilledyn yn ofalus fel petai'n byseddu croen a'u rhoi nhw yn y cwpwrdd pren. Roedd hwnnw'n gwegian dan y pwysau. Gwasgodd bob un wan jac yn fwystfilaidd i'r cwpwrdd fel na fyddai lle i forgrugyn fyw yn 'u plith. Yn fogfa o ddefnydd.

O'r tu allan gallai'r bechgyn 'i gweld hi yng ngolau'i channwyll. Cysgod torth o ddynes yn plygu cardigan enfawr ar ôl cardigan enfawr a'u rhoi yn 'i chwpwrdd. A pham defnyddio cannwyll, meddyliodd y bechgyn. Roedd golau trydan ganddi. Dyma aros yn amyneddgar nes iddi ddiffodd 'i channwyll a chau'i llenni. Gwyddai hithau 'u bod nhw'n dod hefyd ond rhywffordd ro'dd pob dim yn ymddangos yn anorfod.

Wrth iddi orwedd yno yn horwth hurt, teimlai'n noeth am nad o'dd yr un dilledyn ganddi ar y gwely. Clywodd glicied y drws yn codi, a sŵn traed yn aneglur lawr llawr. Rhuthrodd yn floneg i gyd tua'r cwpwrdd. Agorodd y drws pren a syllu, er 'i bod hi'n dywyll, ar 'i dillad hoff. Gwelodd y bechgyn gysgod dyn ar y stryd a dyma benderfynu dianc oddi yno rhag cael 'u dal. Wedi'r cyfan, hen ddynes unig, dew o'dd hi a do'dd y naill na'r llall yn awyddus i aflonyddu ar y morfil. I ffwrdd â nhw yn ôl i'w tai 'u hunain i wylio teledu lloeren a chwarae gêmau cyfrifiadur heb falio dim am yr arian a gollwyd. Byddai ffyrdd llawer haws o gael arian, siawns.

Ond parhau i syllu mewn ofn ar 'i dillad wnaeth y ddynes, a'r rheiny'n dod yn fwy ac yn fwy eglur yn y tywyllwch. Ofnai y deuai'r bechgyn â chyllyll a'i thorri hi'n fil o ddarnau mân ar hyd y llawr. Nid dyma o'dd yn 'i brawychu hi fwya, serch hynny. Yr hyn o'dd yn ei phoeni'n fwy na dim o'dd y syniad y bydden nhw'n cael gafael ar 'i dillad ac yn 'u rhwygo nhw'n garpiau. Gyda'r syniad hwn yn 'i phen, hyrddiodd 'i hun â'i holl egni i ganol y dillad drud. Fyddai neb wedi gallu breuddwydio'r fath beth. Dynes o'i maint hi yn stryffaglu i dwll o'dd yn llai na'i botwm bol. Gwasgodd a gwasgodd y ddynes 'i bloneg yn fwriadol i gwmni'r defnydd. Llwyddodd, yn wyrthiol, i gael hanner 'i chorff yn y cwpwrdd. Byddai gweld ei choesau tew fel dau ddarn o gig rhost ar spit wedi codi cyfog ar unrhyw un. Gwthiodd a gwthiodd nes i'r creadigaethau lliwgar ei llyncu'n gyfan. Anadlodd a methodd anadlu. Llanwodd 'i hysgyfaint â gwlân gwyrdd o Gymru (yr ardal yn Lloegr), llanwyd tyllau'i chlustiau â phashmina ac â sidan drud yr India. Ymdrybaeddodd mewn cysur a ffieidd-dod. Wrth iddi orwedd yno, yn cael 'i gwasgu'n dynnach ac yn dynnach, llanwyd hi â gorfoledd. Caeodd ddrws y cwpwrdd yn glep a cheisiodd yr horwth gicio'r drws ar agor rhag boddi yn y môr o ddefnydd. Ciciodd a chiciodd, gwaeddodd a gwaeddodd, ac anadlodd wlân gwyrdd nes bod y lindys yn cropian oddi mewn iddi. Chlywodd neb 'i sgrech hi am i'r defnydd 'i boddi. A hyd yn o'd tase rhywun wedi clywed, does dim sicrwydd y byddai unrhyw un wedi dod ati. Ond yno y buodd hi a'r cwpwrdd pren yn arch. A'r ddynes? Yn fud.

*   *   *

'Mama mia!' ochneidiodd Mariella. Mae'n debyg nad o'dd pethau mor wael wedi'r cyfan. Edrychodd ar 'i horiawr. Hanner awr wedi tri. Dyna i gyd? Daeth y felan drosti'r eilwaith. Mor ddu oedd bodolaeth. Ac er mor dywyll oedd y straeon, darllen fyddai orau.

5

Ac weithiau mae fel sgorpion, yn cerdded yn 'i flaen yn y tywod cyn cydio yn y presennol â'i gynffon ddrygionus. A thro arall mae'n cropian ymlaen fel baban bach, heb na bŵ na be a neb yn sylwi arno. Amser. Ei ffrind gorau yw hanes, a'r ddau yn chwarae'r ffŵl ar gae pêl-droed nes dod oddi yno'n gleisiau i gyd. Hanes yn ailadrodd 'i hun, yn troi yn 'i unfan. Yn gelwydd i gyd, wedi'i ddal ym mhennau pobl, wedi'i roi mewn hen bot jam. Wedi'i greu o'r newydd ac wedi'i ail-fyw dro ar ôl tro ym meddyliau gwyrdroëdig pobl. Yr hen gnaf yn chwarae triciau eto. Dyna i gyd. A'r lle gorau i amser chwarae'i driciau? Mewn pentrefi bach plwyfol sy 'mhlyg yn y bryniau. Ro'dd Buon Torrentóri yn enghraifft berffaith. Cenedlaethau ar ben cenedlaethau wedi'u claddu dan dir. Yn mwydo yn y tir. Celwydd a chyfrinachau amser yn sownd yn y pridd hefyd. Yn angof. Plethwaith o berthnasau a gelyniaethau yn botsh o basta mewn powlen fach. Ac yno, ymhlith yr holl dalpiau o hanes a aeth yn angof, mae 'na ambell gyfrinach dywyll yn ddigon i ddanfon un o'i go' a throi'r awyr las yn llwyd.

Ac weithiau daw mwydyn bychan i wyneb y tir, yn cario darn o bridd o'r gwaelodion. Darn o bridd a allai fod yn allwedd ond sy'n meddu ar allu i ddistrywio. Dyma ollwng fflodiart o amser i'r aer. A'i arogl yn ffiaidd.

*   *   *

Pob sosban yn 'i lle. Yn ffrwtian fel côr pedwar llais a'u harweinydd yn 'u hedmygu. Marco Toriniéri wrth 'i fodd. 'Oriau aros' fyddai'r oriau nesaf. Sefyll a syllu ar y caserol cwningen yn tewychu ac yn cyfoethogi. Arsylwi ar y sawsiau lu oedd yn un rhes flasus ar y stôf. Daliodd adlewyrchiad ohono'i hun yn y caead arian oedd am ben sosban yr afalau coginio. Wedi mynd i edrych yn ddi-raen, Marco boi! Ma' angen i ti gymryd mwy o ofal. Ti'm yn mynd dim iengach. Toedd baich Buona Casa yn drwm fel hual am 'i draed? Ac yntau ond wyth ar hugain! Gweithio'n ddiwyd ddydd a nos yn paratoi ac yn gweini tunelli o basta ffres, a'i wên gawslyd yn sownd yn ei wyneb. Dyna'r oll ro'dd e'n 'i gofio o un diwrnod i'r llall, y diwrnodau hyn.

'Pasta hir, pasta byr, pasta tew, pasta tenau a saws ar 'u pennau.'

Ro'dd yr hen ddywediad erchyll yn troi arno erbyn hyn. Ro'dd wedi digio â'r sosbenni yn ddiweddar hefyd. Heb awydd coginio dim. Waeth iddo gyfaddef, nhw oedd 'i achubiaeth a'i ddamnedigaeth. Erioed yn foi academaidd, nac oeddet Marco? Ddim yn un fyddai'n cael hwyl ar y maths na'r daearyddiaeth. Roedd e wastad wedi mwynhau'r syniad o ysgrifennu, ond ni allai sillafu. Beth bynnag, ro'dd e'n gwybod yng nghefn 'i feddwl y basa'i dad yn gadael Buona Casa iddo ryw ddydd. A waeth iddo gyfaddef ddim, doedd dim pwysau arno i wneud diawl o ddim yn yr ysgol, nac ers hynny chwaith. Dros y blynyddoedd diwetha, y prif beth ro'dd Marco wedi treulio'i amser yn neud o'dd byw y tu fewn i fenywod neu tu fewn i dŷ tafarn. A hynny ddydd a nos. Cyn gynted ag yr aeth hynny'n ormod iddo bu'n ddigon ffodus i gyfarfod â Mariella. Nid nad oedden nhw wedi cwrdd o'r blaen, cofiwch. Na. Ro'dd Marco wedi gweld hon yn datblygu ers blynyddoedd. Ond pan gwrddon nhw ym mharti Giuseppe Veriano daeth popeth at 'i gilydd, fel pasta a saws pomodoro. Do'dd hi ddim fel y ffilmiau cofiwch, ddim yn fêl i gyd. Wnaethon nhw ddim sylwi ar 'i gilydd o ben draw unrhyw stafell. A waeth i ni fod yn onest o'r cychwyn, do'dd Mariella ddim hyd 'n oed yn cofio'r 'tro cynta'. Ro'dd y ddau yn feddw gaib. Fel y mae'r rhan fwyaf, ond nad yw'r ffilmiau'n eich dysgu chi am hyn.

Ac fel pawb arall bron iawn, daethon nhw i adnabod 'i gilydd (yng ngwir ystyr y gair) fel cathod fferm mewn cae yn Buon Torrentóri. Peidiwch â darlunio tirlun yr Eidal yn gefndir i'r caru. Ro'dd y naill yn pwyso'n rhywiol yn erbyn wal ffatri garthffosiaeth y dre a'r llall yn ceisio peidio tisian am fod clefyd y paill arno. A mascara Mariella yn sgrialu i bob man. Hynod ramantus! Yn y bore bach do'dd y ddau yn nabod dim ar 'i gilydd. Bysedd y bore'n cywilyddio 'u bod nhw wedi bod yn byseddu croen dieithryn. A dyna sut y buodd hi am ychydig. Y ddau'n anwybyddu'i gilydd mewn tafarndai lleol, yn ceisio cogio bach nad o'dd y naill na'r llall wedi cyfarfod â'i gilydd o'r blaen. Ond ar ôl ychydig roedd hi'n anodd anwybyddu'i gilydd, yn anodd anwybyddu'r ffaith 'u bod nhw wedi dod yn reit hoff o'i gilydd. A gan bod dau griw o ffrindiau yn ffrindiau drwy'r trwch, o'dd hi ond yn naturiol y bydden nhw'n canlyn. Ar hap y dechreuodd popeth, felly, yn ddibynnol ar gyfres o ddigwyddiadau. Un wên fach slei ar ôl cael gormod i yfed, a bang, dyma nhw eto. Blodeuo o dipyn i beth nes bod y ddau dros 'u pennau a'u clustiau mewn Tiramisú â'i gilydd. Dyna ddigwyddodd. Perthynas ddi-ffys o'dd hi, a'r ddau wedi dod mor agos â phâr o sanau mewn drâr ddillad. Ar goll heb y llall. Do'dd hi ddim yn berthynas heb 'i phroblemau, wrth gwrs. Bu'r gwrthwynebiad ar ochr y Toriniéri yn ben tost – yn bennaf am fod tad Marco'n corddi bob tro y deuai Mariella i'r bwyty. Wyddai neb pam, ond dangosodd y tad atgasedd tuag ati na welodd Marco erioed 'i fath. Hyd yn oed ar ddechrau'r berthynas ro'dd 'i dad yn anniddig, ond gyda'r misoedd aeth allan o'i ffordd i falurio'r berthynas. Debyg nad o'dd neb yn ddigon da i Marco, a'i dad yn cael 'i atgoffa bob dydd 'i fod e'n heneiddio wrth i'w fab ddechrau caru'n selog. Rhyw genfigen na fedrai ei rheoli.

'Ond Tada, ma'r lle 'ma'n well yng nghwmni menyw. Tada?' A llygaid ci bach Marco yn pigo am esboniad.

'Thâl hi ddim i ti fod yng nghwmni honna! A beth bynnag, fe fuodd dy fam di'n ddigon o feistres ar y lle 'ma. Do's dim angen un arall!'

Dyn bach crebachlyd yr olwg o'dd e, a hynny ers 'i eni. Ro'dd hi'n syndod fod y busnes wedi bod mor llewyrchus ac yntau wrth y llyw. Ac eto, thâl hi ddim inni awgrymu fod y stori'n un ddu a gwyn. Does dim mewn bywyd yn ddu a gwyn.

*   *   *

Ffrâm fain a choesau dryw o'dd ganddo. Ro'dd e'n fach o gorff ond chafodd e 'rioed brinder cefnogaeth fel gŵr busnes. Rhyfedd hefyd. Byddai'n cyflogi merched rif y gwlith i weithio fel gweinyddesau yn Buona Casa. Efallai mai'r ffaith fod pawb yn perthyn i rywun o'dd yn gweithio yn Buona Casa o'dd i gyfri am y gefnogaeth a gafodd. Chware teg, ro'dd e'n talu cyflog hael hefyd ac yn dal i wneud. Ac, a bod yn deg iddo, fe geisiodd frwydro yn erbyn y wythïen grebachlyd a redai trwy'i wneuthuriad, a honno fel rhyw lwydni mewn caws glas, ond do'dd dim modd osgoi'i ffawd. Un oriog fuodd e ers 'i eni. Yn crio ac yn achwyn o'r groth. Byddai'i fam yn arfer adrodd wrth y bwrdd bwyd 'i bod hi'n meddwl 'i bod hi wedi rhoi genedigaeth i ben-ôl gafr pan gafodd 'i eni, am 'i fod e'n edrych mor gwynfanllyd a chrebachlyd.

Wedi dweud hyn, fe o'dd meistr y gegin. Do'dd neb yn Buon Torrentóri wedi blasu rysáit saws pomodoro con funghi fel 'i un e (hynny wrth gwrs heb gyfrif 'i fama, 'i nonna a chyn-neiniau eraill). Byddai'n coginio pob dim mor gywrain, a'i ddwylo bron fel dwylo menyw. Yn tynnu'i fysedd dros yr ham Parma fel 'tai'n anwylo cariad. Bwyd a'i achubodd yn y rhyfel hefyd. Fe'i penodwyd e'n gogydd yn ystod yr Ail Ryfel Byd, a bwydodd filwyr Mussolini mor dda nes nad o'dd awydd symud arnyn nhw.

Bu bron iddo weithio'i hun i farwolaeth yn y bwyty un haf. Efallai mai haf 1963 o'dd yr haf cynhesaf erioed. Ro'dd y flwyddyn yn dal yn ddihareb ymhlith y pentrefwyr a'i profodd. Mae'n siŵr mai'r ffaith fod pob gwybedyn a chleren wedi dod i'r gegin y noson honno achosodd y digwyddiad. Efallai mai am i'r gwres fwydo ym mhen tad Marco Toriniéri o'dd hi hefyd. Debyg na fydd neb yn cael gwybod y gwir – ond ro'dd pawb yn cofio'r hanes.

Nos Sadwrn chwilboeth o'dd hi a'r gweinyddesau'n araf yn 'u llethdod. I ddechrau, ro'dd 'u diffyg ymdrech nhw wedi'i wylltio. A'th i'r gegin, i chwilio achubiaeth. Torrodd tad Marco'r llysiau salad yn amyneddgar ac anadlu'n ddwfn wrth i'w chwys lifo i'r sosbenni yn ddiarwybod iddo. Dyna pryd daeth y gleren. Y gleren a'r gwres a'r platiau a'r potiau yn un saws o sŵn gludiog. Crafodd swnian y gleren drwy'r croen a ffrwtiodd pen tad Marco nes y basai wedi bod yn fendith codi caead arno er mwyn rhyddhau'r stêm. Syllodd ar y gyllell arian a sgleiniai fel darn swllt yng ngolau'r lleuad. Yn ben ar y cyfan daeth gweinydd ifanc ato a dweud yn betrus: 'Syr, ma'r ddynes ar fwrdd pump yn dweud nad o'dd hi wedi archebu madarch ar . . .' ac ar hynny, hyrddiodd tad Marco 'i gorff bach tuag at y gweinydd a thynnu'r gyllell arian ar hyd 'i glust. Syrthiodd darn o groen yn swp i'r llawr blawd llif a safodd y gegin yn stond (er i'r gleren barhau i swnian). Edrychai'r lwmpyn o groen clust fel darn o gig llo yn y blawd lli, a hwnnw fel 'tai'n friwsion bara amdano. Edrychodd y ddau ar 'i gilydd ac yna i'r llawr. Am resymau greddfol, tu hwnt i'w ddirnadaeth, ro'dd edrych ar y darn cnawd yn y llwch yn gwneud i dad Marco deimlo'n llwglyd.

Theimlodd e erioed mor llwglyd. Cerddodd ar frys o'r gegin gan estyn torth o fara a chaws. Wedi iddo gyrraedd llecyn lle nad o'dd un smic i'w glywed, dechreuodd rwygo'r bara a sodro darnau o gaws i'w geg yn awchus. Ro'dd e ar lwgu.

Cofiwch, ddigwyddodd dim byd fel hyn wedi hynny. Rhoddwyd arian a swydd barhaol i'r gweinydd ac ro'dd e'n brif gogydd o fewn chwe mis, 'i hanner clust chwith yn atgof parhaol o dymer 'i fòs.

*　　　*　　　*

Do'dd Marco ddim wedi clywed yr hanes hwn. O'dd, ro'dd e'n gwybod am dymer 'i dad ond prin y meddyliai, serch hynny, fod gan 'i dad y gallu i wylltio mwy nag unrhyw ddyn arall llawn testosterôn. Wedi dweud hyn, trawyd Marco gan bryder ryw wythnos cyn i Mariella ac yntau wahanu. Fel 'tai 'i dad wedi ffwndro. Efallai mai Marco o'dd ar fai p'un bynnag, am gorddi'r dyfroedd ac am herio'r drefn.

'Gwrandwch, Tada. Wy'n 'i charu hi yn . . .' estynnodd Marco'r llwy bren i'w dad a'r gegin yn fyw gan wres ac arogleuon. Teimlai Marco'n reit falch ohono'i hun am wneud y safiad. 'Odych chi'n clywed? Tada?' a'r ymbil yn 'i lais yn amlwg.

'Odw, wy'n clywed.' Teimlodd 'i dad y cig yn y ffreipan, stecen amrwd, ac ro'dd hi'n bwysig cael ychydig o waed yn llifo.

Rhwydwyd 'i eiriau yn 'i wddf; doedd herio'i dad ddim wedi dod yn hawdd iddo erioed. Ufuddhaodd.

'Ma' 'da chi broblem gyda Mariella 'ddar i ni ddechrau mynd mas 'da'n gilydd. Be sy'n bod arnoch chi, ddyn? Falle briodwn ni cyn hir. Bydd rhaid i chi 'i derbyn hi cyn hynny.'

Ar hynny, trawodd 'i dad 'i fraich yn erbyn y rhes sosbenni. Llifodd saws dros bob man a dechreuodd Marco grynu. Crynodd 'i dad hefyd. Do'dd e ddim wedi bihafio fel hyn yng ngŵydd 'i fab o'r blaen, ond am ryw reswm do'dd e ddim yn gallu cadw rheolaeth ar y peth. Yn bwrpasol, pwysodd tuag at Marco, o'dd yn gryndod i gyd erbyn hyn. Pwysodd yn agosach fyth nes bod 'i ben yn estyn at ên Marco:

'Meiddia di, Marco Toriniéri!' poerodd yn araf. 'Gall Buona Casa fynd i aelod arall o'r teulu yn hawdd iawn.'

Do'dd Marco ddim yn gallu credu bod 'i dad wedi dweud y fath beth. Do'dd dim syniad ganddo fod 'i dad yn casáu Mariella gymaint. Tase raid iddo ddewis rhwng 'i gariad a'i deulu – neu yn hytrach, 'i fywoliaeth – byddai realaeth yn siŵr o ennill y dydd. Dewch 'mla'n – nid rhyw stori dylwyth teg yw hon. Beth fyddai Marco Toriniéri yn ei wneud heb y bwyty? Mewn difri calon. Do'dd ganddo fe ddim arbenigedd, dim awydd gwneud dim byd arall, a dim diddordeb mewn unrhyw beth ar wahân i goginio. Erbyn hyn, ro'dd gwallt gwyn 'i dad yn chwys i gyd, bron fel 'tai'n britho wrth yr eiliad. Ro'dd Marco'n ysu am gael gweiddi ar 'i dad, bytheirio a rhegi, ond tynnodd 'i gorff yn ôl. Caeodd 'i lygad am eiliad a'u hagor yn araf. Ro'dd e'n dyheu am gael bloeddio can mil o gwestiynau, ond ro'dd e'n gwybod yn iawn na fedrai. Daeth deigryn i'w lygaid ac ynganodd o waelod 'i fol: 'Pam?'

*　　　　　*　　　　　*

A hynny oll yn ddarn bach o amser sy'n ffitio i hanes rai wythnosau'n ôl. Wedi dweud hynny, mae hanes yn hoffi chwarae wic-whew. Pwy sydd i ddweud mai dyna o'dd y geiriau a ddefnyddiodd y ddau? Pwy sydd i ddweud nad yw'r ffeithiau go-iawn wedi rhygnu'u ffyrdd drwy feddyliau gwyrdroëdig y prif gymeriadau ac wedi aros yn y co' ar ffurf stori newydd?

Beth bynnag, ro'dd pethau rhyfeddach fyth wedi digwydd gyda'i dad oddi ar hynny. Ro'dd meddwl am hyn yn gwneud i Marco anadlu'n gyflym a theimlo panig. Byth ers 'i fod e'n blentyn bach byddai'n gallu gwneud 'i hunan yn belen o banig wrth or-feddwl am bethau. Ro'dd e'n cofio hynny'n glir er pan fu 'i fam farw. Ro'dd pethau'n wahanol iawn wedi hynny. Marco'n ysgwyddo rhagor o gyfrifoldeb. Marco a'i dad yn ffrindiau, y nhw yn erbyn y byd. A nawr 'i fod yn teimlo'n llawn panig eto, dyma'r union adeg pan fyddai'n colli Mariella fwya. Yr oriau hynny pan fyddai'n dechrau pendroni a gor-feddwl a phoeni a chwysu. Ro'dd Mariella wedi dysgu iddo sut i ddelio gyda phethau pan o'dd e fel hyn. Wedi dysgu iddo anadlu'n ddwfn ac ymlacio'i gorff ond, rhywsut, hebddi hi yno hefyd ro'dd hi'n anos canolbwyntio ar yr ymarferion. Cofiodd. Pan ro'dd pethau'n wael arno byddai Mariella yno i chwarae gyda'i wallt. Doedd

Mariella ddim yno heddiw, a hithau'n 'i gasáu e erbyn hyn. O feddwl am hyn hefyd, dechreuodd Marco anadlu'n gyflymach fyth. Meddyliodd y dylai estyn am baned o de camomil neu de mintys am fod 'i fola'n fil o glymau cnotiog.

Symudodd o'r gegin gan osod 'i orwelion ar sgwâr patio Buona Casa. Estynnodd i'w boced am y papur sigarét, y tybaco a'r darnau o ddail gwyrdd a fyddai'n eli ar y briw am ychydig. Gwenodd am eiliad. Eiliad na fyddai unrhyw un arall wedi cymryd sylw ohoni. Eisteddodd ar y patio a phwyso'i gefn yn erbyn wal. Ro'dd yn rhaid cyfadde, do'dd dim yn brafiach na chael mynd ati i baratoi'r mygyn heb gael eich cariad yn dwrdio ac yn bygwth peidio siarad gyda chi petaech chi'n smygu. Ro'dd y cyfnodau hynny'n annioddefol – fel 'tai'ch mam chi eich hun wedi'i haileni ar ffurf rhyw ddynes ifanc. Hwyrach y byddai 'na rai pethau'n brafiach o gael bod yn sengl, meddyliodd. Wedi'r cyfan, doedd Marco ddim wedi cael y profiad o fenyw yn 'i ddwrdio ac yn 'i roi yn 'i le ers blynyddoedd. Bron na allai gofio adeg felly, am 'i fod yn fachgen bach pan gollodd 'i fam. Er, gallai gofio'r cyfnodau ar ôl iddi ddiflannu yn iawn. Rhyfedd hefyd. Dyma Marco'n pwyso'i ben yn ôl ac yn edrych o ongl ryfedd at do Buona Casa. Daeth y bendro drosto a gostyngodd 'i ben. Ro'dd hi'n rhyfedd meddwl nad o'dd 'i dad yn gwybod 'i fod yn smygu hyd nes yn ddiweddar, heb sôn am smygu canabis. Rhyfedd hefyd, â smygu'n rhan mor annatod o'i fywyd.

*   *   *

Digwydd gwylio'r teledu o'dd e ar brynhawn Sul wedi'r oedfa. Newydd dynnu'i siwt, o'dd lawer yn rhy fach iddo erbyn hyn. Wedi neidio i'w grys-T a'i drowsus byr pan ddaeth 'i dad i mewn wedi drysu. Eisteddodd yn ymyl 'i fab, ac wrth i Marco newid y sianel gyda'r teclyn bach dyma ddechrau mwydro.

'Be ti'n neud, fab?'

'Be? . . . troi'r sianel. Sori. Chi moyn gweld hwn, odych?'

'Troi'r sianel,' meddai'i dad yn araf fel plentyn bach.

'Ie, pam?' gofynnodd Marco heb fawr o ddiddordeb yn y sgwrs o gwbl.

'Dwi erioed wedi gweld un ohonyn nhw o'r blaen.' Llygadodd y teclyn newid sianel.

Dechreuodd Marco chwerthin er gwaetha'i ddryswch. Chwerthin iach a yrrodd ias drwy'r waliau ac a gariwyd ar y gwynt i glustiau Piccolomini.

Yn ystod yr wythnos a ddilynodd sylwodd Marco nad o'dd 'i dad yn 'i gysgodi wrth iddo goginio. Fel 'tai'n medru ymlacio am fod Mariella wedi mynd o'u bywydau. Un diwrnod, ar ôl cau Buona Casa ro'dd chwant ar Marco fynd i weld a o'dd 'i dad mewn hwyliau ac i holi ychydig ynglŷn â'r cyfrifon ddiawl. Wedi'r cyfan, ers i Marco ddechrau coginio ddeng mlynedd yn ôl yn Buona Casa ro'dd 'i dad wedi dewis bod wrth 'i ymyl. Bob un noson. A'r noson honno cerddodd yn igam ogam (ar ôl smôc) tuag at yr ystafell fyw o'dd wedi'i goleuo gan y teledu. Golau glas, yn fflachio.

'Tada . . .' mentrodd, cyn syllu ar bob cadair yn y

lle. Dim sôn amdano. 'Tada?' gwaeddodd a'i lais yn fas. Chlywodd neb. Roedd tŷ'r Toriniéris yn dwneli ac yn lefelau drwyddo draw. Gorweddai'r tŷ bwyta cochaidd ar y llawr gwaelod, yr ystafell fyw a'r gegin ar y llawr cyntaf a'r ystafelloedd gwely ar y llawr uchaf.

Teimlodd flinder yn 'i lethu wrth iddo ddringo'r grisiau. Ysai am gael Mariella wrth 'i ochr a chael neidio i'r gwely yn un pleth cysglyd. Pysgotodd am 'i dad ymhlith cysgodion y llawr uchaf. Daliodd 'i arogl 'i hun yn 'i ffroenau. Rhyw gymysgedd ffiaidd o saws pomodoro, sigarét a chwys.

'Tada?' holodd yn dyner.

Edrychai fel Rhufeiniwr golygus yn y gwyll a golau'r lleuad yn hyderus heno. Rhoddodd Marco'i law ar ddrws ystafell wely'i dad. Fyddai dim wedi gallu 'i baratoi ar gyfer yr olygfa. I gyfeiliant y teledu lawr llawr yn gordiau realaidd a sŵn y cymdogion, Elania a Mario, yn caru'n swnllyd fel is-thema gerddorol, gwelodd bopeth. Yno, yng nghornel yr ystafell, yn sefyll yn 'i noethni croenfrown ro'dd tad Marco Toriniéri. Ei wallt gwyn yn sgleinio yng ngolau'r lleuad a'i geilliau a'i bidyn yn flinedig. Yn groen i gyd. Mentrodd Marco tuag ato'n bwyllog. Gŵr ifanc o'dd yn gawr o gorff a'i wallt du ym mhob man wedi'i danlinellu gan foelni'i dad. A'r hen ŵr yn stond. Crynai'i gorff. Dim symudiad ar 'i amrant nac ar 'i frest.

Tawelodd llais Marco ac aeth yn gryg. Gwelodd 'i dad mewn ffordd na welsai erioed o'r blaen. Yn simsan dywedodd:

'Tada? Dewch i ni ga'l 'ch gwishgo chi, ie?'

Crynodd dwylo Marco a llanwyd 'i wddf â lwmpyn. Gwyddai fod blynyddoedd o boeni am bobl a phethau yn dweud ar 'i dad. Ei dad? Ai dyma'r gŵr a ddaeth yn awdurdodol (er mai un bychan fu erioed) i fynnu nad o'dd ei fab yn cael chwarae teg yn yr ysgol? Yn araf, rhwng y seibio, gwelodd Marco 'i fod e'n trio dweud rhywbeth.

'Fydd neb yn deall, t'wel, neb am fod . . . rhy hwyr . . . fydd neb yn deall . . .'

Chymerodd Marco ddim sylw o'i baldaruo. Yr unig beth o'dd ar 'i feddwl o'dd rhoi gwisg nos am 'i dad a'i roi yn daclus yn ei wely. I gael anghofio am heno. Buasai pob dim wedi digwydd fel ro'dd Marco wedi cynllunio pe na bai sgrechfeydd Elania a Mario wedi dwysáu. Do'dd dim yn fwy anaddas na sŵn caru pobl eraill ar adegau. Fel 'taen nhw'n ceisio tanlinellu'r holl ffars. Daeth anesmwythyd dros 'i dad. Cynhyrfodd a dechrau anadlu'n gyflym a gweiddi geiriau nad o'dd yn gwneud synnwyr hyd nes 'i fod yn gryndod o chwerthin a chrio. Yn chwifio'n wyllt mewn gwynt na fodolai. Cydiodd Marco ynddo yn 'i anghrediniaeth. Cyffyrddodd groen nad oedd yn 'i gyffwrdd fyth. Dyna lle saif tad a mab mewn coflaid annaturiol. Dim ond crio wnaeth 'i dad. Gŵr nad o'dd wedi annog deigryn ymhlith dynion erioed, ym mreichiau'i fab. Cwympodd y ddau i'r llawr yn druenus a gadawodd Marco i gorff 'i dad syrthio'n swp ar y llawr pren. Rowliodd fwgyn yn araf yn ngolau'r lleuad. Tawelodd 'i dad yn raddol nes ei fod e'n gorwedd yn dawel wrth ymyl y ffenestr a'r rhwydi wedi'u clymu'n dynn at 'i gilydd. Llifai golau'r lleuad yn drahaus drwy'r tyllau.

"Co chi, Tada. Cymerwch hwn. Ry'ch chi wedi blino'n lân, on'd 'ych chi? Dyna beth sy'n bod.'

A smygodd y ddau heb ddweud mwy wrth 'i gilydd. Syllodd Marco i fyw llygaid 'i dad. Bydoedd ar wahân. Ar hyn o bryd, ro'dd Buona Casa yn lle estron ac yn llawn pobl ddiarth fel 'tai amser wedi tynnu'r carped o dan 'u traed nhw. Ac ro'dd y corneli, hyd yn oed, yn wahanol. Gwyddai Marco fod pethau wedi bod yn pigo cydwybod 'i dad a'u bod yn lliwio'r presennol. Gwyddai hynny ym mêr 'i esgyrn ond nid o'dd wedi caniatáu iddo'i hun sylweddoli hyn eto.

*   *   *

Bore braf o'dd hi heddiw. Bore o'dd fel 'tai'n taflu golau ar yr holl broblemau. Yn pallu gadael i ddim byd guddio yn y cysgod. Ro'dd yr wythnosau diwethaf wedi bod yn rhai anodd i Marco. Do'dd dim gwadu 'i fod e'n teimlo fel 'tai e wedi colli tad a cholli cariad hefyd. Eisteddodd ar y patio o'dd mor gynnes nes ei fod e'n llosgi'i ben-ôl. 'Annioddefol.' Y peth mwyaf annioddefol o'dd 'i fod e'n gallu gweld tŷ Mariella o gornel 'i lygaid. Ro'dd pob dim wedi cwympo'n yfflon i'r saws pomodoro'n ddiweddar. Syllodd ar olau coch yr haul ar y strydoedd. Smyg-odd yn ddwys a chafodd 'i lethu gan flinder a thorcalon. Dilynodd batrwm un to a dyheu wedyn am gael bod yn llechen ddi-nod. O ystyried fod yr haul yn ei anterth, ro'dd bywyd yn dywyll i Marco Toriniéri. Cododd 'i ben fel y byddai'n gwneud o dro i dro gan edrych ar do'r tŷ. Do'dd e ddim yn gwybod pam, ond am ryw reswm dechreuodd ei wefus isa grynu. Wedi gor-flino o'dd e, mae'n siŵr, wedi gorfeddwl. Dyma drio peidio crio, a gwnaeth hyn i'r dagrau gronni'n gyflymach ym mhyllau'i lygaid. Yn ôl yn yr un hen le, yn smygu, ac yn eistedd yn erbyn y wal. Yn sydyn reit, do'dd dim modd dal y dagrau'n ôl. Ddaeth yr un smic o'i enau. Ceisiodd gael gwared ar y dŵr gan dynnu llaw fawr dros 'i wyneb mewn un ymgais drwsgwl. Eisteddodd am sbel gyda'i ben yn 'i ddwylo a'i freichiau'n pwyso ar 'i bengliniau. Edrychai'n druenus, a gwyddai hynny. Gobeithio na ddaw neb rownd y gornel a 'ngweld i, meddyliodd. Dechreuodd anadlu'n gyflym wrth feddwl am yr holl gymhlethdodau. Anadlodd yn herciog. Ceisiodd reoli'i hunan. Cofiodd gyngor Mariella a cheisiodd 'i orau glas i gadw at rythm cyson anadliad a meddwl am anadlu a thynnu'r aer hwnnw i waelod 'i fol. Ar ôl tipyn ro'dd y crio'n angof, yn ddafnau tywyll yn y pridd coch. Wrth iddo deimlo'r haul ar 'i dalcen sugnodd 'i fwgyn yn ddwfn a theimlo ychydig yn well. Chwythodd y mwg a rubanau llwyd 'i gymhlethdodau yn un hyrddiad o'i geg.

6

Am dŷ! Wedi'i wastraffu ar gwta bum mis. O'dd, ro'dd 'i ysblander yn gogoniannu dros Buon Torrentóri drwy'r flwyddyn. Serch hynny, dim ond rhwng mis Mai a mis Medi ro'dd unrhyw un yn cael byw yno. A fforinyrs o'dd rheiny hefyd. Ro'dd Casa Toscana yn eistedd fel brenin ymhlith y coed pinwydd. Wrth gwrs, pobl ddŵad fyddai fel arfer yn gor-ddweud am y lle, yn 'i ddisgrifio fe fel plasty nefolaidd a rhyw rwtsh tebyg. Ro'dd y waliau'n cofio ambell ymwelydd o'dd wedi cwympo mewn cariad â'r lle. Ymwelydd o'dd yn mynd i gwympo mewn cariad ag unrhyw le o 'styried 'i fod wedi gadael 'i gartref cachlyd am wythnos. Ro'dd nifer ohonyn nhw wedi bod felly a dweud y gwir. Ymwelwyr nad oedden nhw am fynd yn 'u holau i'w cartrefi. Yn ôl i'r dinasoedd budr, yn ôl i fywyd bob dydd. Rhyw grysh dros yr haf. A nifer ohonyn nhw ddim am fynd yn ôl i weld gŵr neu wraig, neu blant hyd yn oed. Ddim am fynd yn ôl i wynebu'u cyfrifoldebau, am anghofio'u hieithoedd lleiafrifol nhw am 'chydig. Rhai ddim am fynd yn ôl i farcio llyfrau plant ysgol a rhai ddim am fynd yn ôl i edrych ar ddannedd rhyw ddihiryn o'dd yn mynnu triniaeth. Oblegid ro'dd cannoedd wedi bod yn y tŷ hwn. Hynny yw, y cannoedd o'dd yn medru fforddio. A phan ro'dd yr ymwelwyr yma'n cael 'u hudo, nid cael 'u hudo gan y pentrefwyr oedden nhw nac ychwaith gan y tirlun ond, yn hytrach, gan y tŷ. A tase dyn am fod yn fanwl gywir sa'n ddigon hawdd gweld nad y tŷ o'dd yn mynd â'u bryd nhw chwaith. Wrth gwrs, y tŷ roedden *nhw'n* meddwl oedd yr atyniad, ond symbol o'dd y tŷ. Dyna'r oll. Symbol o beidio â gorfod becso, symbol o ga'l bod yn rhydd, ac atgof o'r ffaith fod pob dim o'dd yn aros amdanyn nhw yn 'u gwledydd oer yr un mor gachlyd ag erioed.

A dweud y gwir, ro'dd yr hen hanesion hyn o bobl yn cwympo mewn cariad â'r lle yn rhemp ac yn reit ddiflas erbyn hyn. Byddai'r tŷ'n mwynhau stori â mwy o afael ynddi.

Ro'dd y waliau'n cofio am hanes pregethwr a'i wraig a fu'n ymweld â'r ardal. Pâr o Gymru oedden nhw, ond Saeson ro'dd pawb yn yr ardal yn 'u galw nhw. Wedi'r cyfan, beth o'dd y gwahaniaeth? Ro'dd ambell un lleol yn meddwl mai Almaenwyr oedden nhw am 'u bod nhw'n dweud rhyw 'ch's' o bryd i'w gilydd o'dd yn ddigon annymunol ar y glust. Ro'dd y pregethwr wrth 'i fodd, yn syllu hyd yr oriau mân ar wneuthuriad a saernïaeth y tŷ. Un noson dechreuodd ddarllen stori wrth i'w wraig bendwmpian wrth 'i ochr yn y gwely. Darllenodd un o'r llyfrau ro'dd e wedi dod o hyd iddyn nhw ar un o'r silffoedd llychlyd yn y tŷ. Stori o'dd hi am ddyn o'dd wedi'i hudo gan dŷ. Dechreuodd feddwl 'i fod yn breuddwydio. Ei fod e 'i hun yn rhan o ryw stori. Yn anaml mae'r math yma o beth yn digwydd i ddyn. Cyd-ddigwyddiad rhyfedd sy'n rhyfedd o bwrpasol. Ond daliodd ymlaen i ddarllen. Ro'dd y testun wedi'i sgwennu'n fachog ac ro'dd y pregethwr yn cael blas ar yr holl beth. Ro'dd y dyn yn y stori wedi dechrau magu obsesiwn â gwneuthuriad y tŷ am 'i fod mor hoff o drawstiau, a phan fyddai'i wraig yn mynd i gysgu gyda'r nos byddai'n codi o'i wely ac yn mynd lawr stâr i edrych unwaith eto ar wneuthuriad y pren. Doedd y pregethwr ddim yn teimlo'n gysurus iawn wrth ddarllen y stori bellach, ond ro'dd rhywbeth yn 'i gymell i ddarllen. Do'dd e ddim yn deall pob gair, cofiwch. Rhyw Eidaleg digon bratiog o'dd ganddo, ond ro'dd e fel 'tai'n gallu deall y stori hon yn go dda. Rhyfeddodd at 'i allu. Aeth y gŵr yn y stori ati i wneud hyn bob nos. Gadael y gwely lle ro'dd 'i wraig yn cysgu a dechrau gwneud nodiadau am y craciau a'r tyllau prydferth o'dd ar y trawstiau. Byddai'n mwytho'r pren ac yn sylwi ar dyllau bach y pryfed o'dd wedi ymgartrefu yn y bonion. Un noson, ro'dd yn darllen rhan newydd o'r stori pan synnwyd e gan y digwyddiadau. Penderfynodd na fyddai'n darllen rhagor am y tro. Rhoddodd y llyfr yn ofalus o dan y gwely a throdd 'i ben nes bod 'i foch chwith yn gorwedd ar obennydd gwyn.

Un noson, yn sydyn, heb unrhyw arwydd, sylweddolodd y gŵr beth ro'dd yn rhaid iddo 'i wneud. Llanwyd ef â dafnau o'r stori. Ro'dd yr holl beth yn ymddangos yn gyfan gwbl amlwg iddo. Fel hoel ar bost. Rhedodd i'r gegin a golau'r lloer yn llifo drwy'r ffenestri. Rhedodd ar flaenau'i draed fel na fyddai'n deffro'i wraig. Wedi'r cyfan, ro'dd hi'n haeddu 'i chwsg dibryder tra bod Edna, 'i mam hi, mewn cartref preswyl dros y gwylie. Wrth iddo gyrraedd y gegin, dyma ymbalfalu ymhlith y cyllyll a'r ffyrc ac arogl yr antipasto misto roedden nhw wedi bod yn 'i fwyta i swper yn dal i fwydo yn yr aer. Arogl cigoedd amrywiol ac arogl garlleg, bara ac olew yr olewydd. Ymbalfalodd yn ffwndrus nes iddo ffeindio cyllell fain, finiog yn llechu yng nghornel y ddrâr. Gwenodd ac aeth y gŵr ar 'i union i seler win y plasty. Ro'dd hi'n dywyll a do'dd e ddim yn gallu gweld braidd dim yn y tywyllwch. Ond

ro'dd e'n gallu arogli'r pren, fel gwin da, a theimlai fel
'tai'n dod yn ôl i'w gynefin. Aeth ati'n nwydus gyda'r
gyllell yn 'i law i gerfio darnau fel dail o'r walydd pren.
Hedfanodd darnau pren fel adenydd pilipala i bob man
a'u harogl melys yn meddwi dyn. Aeth ymlaen fel hyn
am oriau gan fwynhau chwysu yn y tawelwch yn dawel
bach. Teimlai'r dyn fel 'tai amser wedi stopio. Wrth i'r
wawr godi sylwodd fod y twll yn y pren yn ddigon
mawr iddo gael gorwedd yn y gwagle a dyna lle y
bu am weddill 'i oes. Yn un cwlwm cnotiog yng
nghanol y trawstiau. Yn bryfyn pren ac wrth 'i fodd.
Ffeindiodd neb y corff am ddyddiau. Roedd y wraig yn
argyhoeddiedig mai wedi'i alw'n ôl ar alwad Gristnogol
i'r hen wlad o'dd e, ac nad o'dd e moyn 'i deffro hi a
hithau'n ganol nos. Buan yr anghofiwyd y syniad
hwnnw wrth iddi fynd yng nghwmni'r heddlu i'r seler
a'i weld yn cysgu fel baban yng nghrud y pren.
Sylwodd hi ar y llyfr trwchus â chlawr lledr coch o'dd
yn 'i law a gwenodd yn 'i dagrau. Mae'n rhaid mai'r
Beibl o'dd e. Symudodd yn araf oddi wrth y corff a
cherdded yn ôl i fyny'r grisiau at yr haul. Yno, ro'dd y
mosgitos yn 'i disgwyl hi. Yn pig-pigo'u cwestiynau ar
'i gwar. Ro'dd yr heddlu'n gwybod yn iawn nad y Beibl
o'dd ganddo yn 'i law, serch hynny. Roedden nhw'n
medru siarad Eidaleg ac yn deall y teitl. Llosgwyd y
llyfr a chaewyd cloriau stori arall. Digwyddodd hyn yn
y tŷ ar y bryn.

Ro'dd yna ryw hud yn perthyn i'r lle. Stafelloedd
a stafelloedd o hanes. Stafelloedd a stafelloedd o
geriach. Mae'n dibynnu sut 'da chi'n edrych ar
bethau. Gwydrau, llyfrau, blancedi drudfawr a'r
dodrefn pren mahogani yn ychwanegu rhyw
ysblander hudol i'r lle. Sa'n hawdd meddwl fod y tŷ

bwrdd pren yn 'i chartre. A pham lai? Ro'dd hi'n haeddu hyn ar ôl glanhau fel ffŵl drwy'r bore (a thrwy'i hoes o ran hynny). Doedd y tŷ ddim yn edliw wrthi. Ro'dd 'i merch hi hefyd yn slafio ers ryw ddwy flynedd yng nghwmni'i mam. A hynny am dâl uffernol o wael. Isolde a Mariella o'dd yn gyfrifol am lanhau Casa Toscana i'r Blanches erioed. Ro'dd Isolde wedi gwneud ers blynyddoedd lawer a Mariella'n cael dod am drip ar gefn 'i mam er pan ro'dd hi'n ddim o beth. 'Da chi'n gweld, ro'dd Isolde yn glanhau'r tŷ i'r perchnogion o'dd yma cyn y Blanches hefyd. Hen bâr digon surbwch o'dden nhw, ond 'u bod nhw'n hoff iawn o Isolde am 'i bod hi mor 'nodweddiadol' Eidalaidd. Ro'dd pethau'n wahanol dan ofal y Blanches. Do'dd hi rioed wedi'u gweld nhw gyda'i gilydd fel pâr yn yr Eidal. Siglodd 'i phen; trasiedi oedd i'r hen ŵr farw ac yntau ond wedi medru dod yno deirgwaith. Teirgwaith er mwyn diogelu'r ddêl a'i wraig yn cael mwynhau'r lle wedi iddo farw. Mae'n siŵr fod y straen o brynu tŷ haf ar frys wedi cyfrannu at y ffaith iddo gael harten. Neu, o leia, dyna ddywedodd 'i wraig. Tŷ ar gyfer 'u dyfodol nhw o'dd y lle i fod. Bu bron i Isolde chwerthin o feddwl am yr eironi. Pa ddyfodol o'dd ganddo ac yntau mewn arch? Gwastraff arian da, meddyliodd. Er, do'dd dim gwerth diawlio penderfyniad gan bâr o'dd wedi rhoi arian yn 'i phoced. Plygodd 'i phen a diolch i'r Forwyn Fair am 'i chynnal, cyn cydio yn y *vase*. Mae'n bur debyg na fyddai Mrs Blanche yn sylwi ar 'i ddiflaniad a hithau ond wedi bod yma ryw chwe gwaith. Wedi'r cyfan, prynwyd y tŷ â'r holl bethau ynddo yn barod. Hynny yw, ar wahân i ambell gelficyn ac addurn. Ro'dd yr hen bilipala hyll 'na'n un ohonyn nhw. Yn y bôn, roedd Isolde'n teimlo 'i bod hi'n berchen ar y lle. Ro'dd hi'n teimlo fod yna ryw reol anysgrifenedig mai hi o'dd pia'r lle. Am 'i bod hi'n Eidales, mae'n debyg.

Ar y llaw arall, does dim byd yn ddu a gwyn a does dim pwynt dadlau fel arall. Ar yr union adeg y rhoddodd Isolde 'i llaw ar y *vase*, chwyrlïodd awel gynnes o rywle gan amgylchynu'r cymeriad blonegog. Roedd hyn yn 'i hatgoffa hi o ba mor chwilboeth o'dd hi a llethwyd hi gan ysfa i oeri. Chwaraeai'r awel â'i gwallt a'i gadael hi'n pigo'i chydwybod. Fedrai hi ddim mynd â dim a Mrs Blanche yn cyrraedd y pnawn 'ma. Sarhad fyddai hynny. Oherwydd ro'dd Isolde'n reit hoff ohoni yn y bôn. Ro'dd Mrs Blanche bob amser yn glên (er 'i bod hi'n chwarae cerddoriaeth ryfedd drwy'r amser) ac yn cynnig paned gyda phob ymweliad. Na, fyddai dim modd mynd â dim heddiw. A damo am hynny hefyd. Wythnos nesaf efallai, ar ôl iddyn nhw fynd. A'th Isolde ati i sgwrio'r llawr â'i brwsh gan ystyried pa mor anffodus o'dd hi na welodd hi erioed Mr a Mrs Blanche ar wyliau yn Nhoscana gyda'i gilydd. Digwyddodd ddal darn Ewro yng nghrib y brwsh llawr a syllodd arno. Crynodd 'i gwefus. Byddai 'i gŵr llaethog wastad yn casglu'r ceiniogau sbâr ac yn 'u gwario nhw arni. Lira oedden nhw bryd hynny. Ro'dd e'n arfer casglu lira ac yn 'u rhoi nhw'n ofalus mewn hen bot jam yn y pantri. Do'dd hi heb alaru hanner digon heddiw. O fewn pum munud r'odd hi ar 'i phengliniau'n sgwrio'r llawr, 'er cof am Giuseppe Carboli' (gan obeithio y byddai'r Forwyn Fair yn sylwi ar 'i galar hi).

Aeth y ddwy ati i lanhau'r tŷ o'r top i'r gwaelod. Y corneli budr a'r gwallt o'dd yn sownd yn y sinc. Glanhau'r marciau brown oddi ar y tŷ bach a sychu coesau'r byrddau ym mhob un stafell. Dyna chwalu'r darlun rhamantaidd yn yfflon. Darlun o fam a merch Eidalaidd yn glanhau'n ddiddos i gyfeiliant alaw glasurol a gwres yr haul yn twymo'u cyrff. Chwalu'r darlun, am i bawb fentro casglu y byddai'r olygfa'n perthyn mewn ffilm. Dwy Eidales, mam a'i merch (a'r gyntaf yn Babyddes mewn du i gyd) yn cerdded yn y bore bach i dŷ palasaidd ar ben bryn yn Nhoscana. Y ddwy'n sgwrio'n ddigyfaddawd cyn cofleidio'i gilydd a siarad Eidaleg (a chwerthin wrth gwrs) cyn mynd oddi yno â'u calonnau'n llawn o syniadau clasurol am Da Vinci a lasagne. Dim ffiars. Erbyn i'r ddwy orffen glanhau ro'dd hi'n bedwar o'r gloch a chefn Mariella'n gwegian. Do'dd hi ddim wedi bod yn teimlo'n rhy dda yn ddiweddar. Ro'dd pob dim wedi bod yn ormod iddi. Pob peth yn dywyll, a doedd heddiw fawr gwell. Tynnu'i hun o'r gwely o'dd y fagl gyntaf ac, wedi codi, dyheu am gael bod nôl yno. Nid fod gorwedd yn y gwely ar 'i phen 'i hun wedi dod yn orchwyl ro'dd hi'n 'i fwynhau, a hithau'n chwysu rhwng y cynfasau gwynion. Yr unig ddarn o'r dydd ro'dd hi'n 'i fwynhau o'dd yr ambell eiliad a hithau newydd ddeffro. Ro'dd yr eiliadau hynny'n gyfrin, pan nad o'dd hi wedi cael cyfle eto i gofio fod Marco wedi mynd. Bron fel petai hi'n union hanner ffordd rhwng cwsg ac effro. O'dd, ro'dd codi o'i gwely heddiw yr un mor anodd ag y bu ers wythnos. Wedi dweud hyn, byddai pob dim wedi bod ychydig yn llai o faich pe bai 'i mam (nad o'dd yn fam go-iawn iddi) ond wedi bod ychydig yn fwy bodlon 'i helpu hi. Y broblem o'dd fod Isolde, ar ôl blynyddoedd o alaru ac o ddramateiddio, yn 'i chael hi'n anodd derbyn fod unrhyw un arall yn galaru hefyd. A dweud y gwir, ro'dd hyn wedi datblygu'n wedd amhleserus o bersonoliaeth Isolde, ac erbyn hyn yn rhan annatod ohoni hi. Yr unig ffordd y gallai ddangos cysur i'w merch o'dd dannod i Marco 'i gamweddau:

'Bastardo ydy e, a bastardo fydd e, Mariella.'

'Gadwch fi fod, newch chi Mam?'

Wrth i'r ddwy ddwstio a glanhau cododd Isolde 'i phen a sylwi ar yr hen bethau afiach o'dd ar y wal. Beth o'dd haru'r Mrs Blanche 'ma? Yn rhoi fframiau hyll â'u llond o bilipalod sychion ar y wal. A'r rheiny'n syllu'n ôl. Roedd yn gas gan Isolde bilipala. A dweud y gwir, doedd dim byd yn waeth ganddi na rhyw wyfyn hyll, lliwgar neu beidio, yn hedfan i'w hwyneb. Meddyliodd lawer tro mai dyna fyddai uffern; eistedd mewn stafell dywyll â myrdd o bilipalod yn hedfan at 'i hwyneb. Yn symud 'u hadenydd, yn crafu'i chroen, yn uffern ar y ddaear. Cododd Isolde 'i chadach a chuddio'i phen.

'Ach, wy'n casáu'r hen bethe 'ma. Ma' nhw mor ofnadwy o hyll.'

Gostyngodd 'i phen a chau'i llygaid, a dwstio'n wyllt. Do'dd gan Mariella gynnig iddyn nhw chwaith, ond am resymau gwahanol. Pam fod angen dal rhyw bryfyn diniwed (a phrydferth mewn rhai achosion) yn gaeth mewn ffrâm? Oedden, roedden nhw'n hyll, meddyliodd, a chraffu ar un pilipala'n arbennig. Un bychan, llwyd. Ro'dd 'i gorff wedi'i dynnu'n dynn a phinnau bychain yn dal y gwyfyn yn 'i le. Yn ddestlus reit. Yn hyll. Yn sych. Un llwyd o'dd e, heb fawr o gyffro'n perthyn iddo. A dweud y gwir, ro'dd yn edrych fel creadur â'r lliw wedi'i sugno ohono. 'Yn union fel dwi'n teimlo,' meddyliodd Mariella. Ac wedi dweud hynny, ro'dd yna ryw hynodrwydd yn perthyn i'w liw. Ro'dd bron iawn yn arian, ond ddim cweit. Wrth 'i ymyl e, ro'dd yna brint dyrys. Darllenodd Mariella, heb ddeall fawr ddim. 'Small Apollo – *Parnassius phoebe*. Ferpècle – Switzerland.' Bechod, meddyliodd Mariella. 'Ti 'di gorfod teithio'n bell o adre i farw, cariad.' Dwrdiodd Isolde'n uchel:

'To'dd e wedi marw cyn cyrraedd yma, ferch! Ych â fi, hen bethe hyll ydyn nhw. Hen bethe hyll. Adar bach y diafol.' Ac ymlaen â'r ddwy i dwtio.

Ymhen hir a hwyr penderfynodd Isolde eistedd ar gadair foethus yn yr ystafell fyw a siarsio Mariella i wneud yr un fath. Ystafell fyw o'dd yn haeddu cael 'i galw'n 'madam'. Bron fod 'u lleisiau nhw'n adleisio yn y lle. Do'dd dim modd gwadu, ro'dd yn hollol amlwg fod angen i'r ddwy gael sgwrs. Am i'r tawelwch a'r seibio sibrwd hynny. Mariella â'r felan arni ac Isolde â'i thraed chwyddedig yn gorwedd yn dwt (os yw hynny'n bosibl) mewn basn o ddŵr tap oer erbyn hyn.

'A! Mae'r dŵr 'ma'n braf, Mariella. Byddai dy dad

yn hoff o wlychu'i dra'd,' ac eironi'r ffaith iddo foddi mewn basn o laeth gafr yn dew ar y sgwrs.

'Mama, wy ddim moyn mân siarad, sori.'

'Dim mân siarad ydy sôn am dy dad. C'wilydd!'

'Na, Mama, 'ych chi 'di camddeall. Ddim eisiau siarad ydw i. Am unrhyw beth.'

'Iawn,' meddai 'i mam, cyn i'w natur 'i gorchfygu, 'ond dwi ddim yn gwybod pam na alli di anghofio amdano fe. Bastardo yw e!' Dyrnodd Isolde'r gadair freichiau a neidiodd ychydig o'r dŵr o'r basn. Ro'dd hyn yn ormod i Mariella. Rhwng y boen yn 'i chefn, y gwres, a'i mam (nad o'dd yn fam go-iawn iddi) yn arthio.

''Ry'n ni i gyd yn gwbod pwy yw'r bastardo yn y sefyllfa hon, nagyn ni Mama?'

Cododd o'i chadair a mynd at y ffenestr a edrychai allan ar ysblander Toscana. Gallai weld Buon Torrentóri yn y cwm, yn y pellter oddi tanyn nhw.

'Mariella fach. Gweddïa a diolcha dy fod ti wedi dy fabwysiadu gan deulu sy'n dy garu di.'

Plygu'i phen drachefn wnaeth Isolde a gwneud arwydd y groes ar 'i phen a'i hysgwyddau.

Rywffordd, ro'dd dweud y geiriau mor agored wedi clirio'r aer. O leia, dyna'r argraff gafodd Mariella. Ie, plentyn amddifad o'dd hi. O'dd, ro'dd y peth wedi mwydo ganwaith yn 'i phen, ond do'dd hi erioed wedi codi'r peth o'r blaen. Erioed wedi gallu dweud y geiriau. Wedi dychmygu lawer gwaith, wrth gwrs, ond heb weithredu ar hynny. Tan heddiw. Ac ar ôl yr holl flynyddoedd o ddisgwyl sgwrs ddyrys a dramatig gyda'i mam, roedd y cyfan ar ben. Yn hollol ddi-ffys. Do'dd hi ddim am wybod rhagor heddiw chwaith. Do'dd hi ddim moyn gofyn cwestiynau. Dyma hi'n edrych ar 'i mam (nad o'dd yn fam go-iawn iddi). Petai hi am wybod rhagor, dim ond gofyn fyddai'n rhaid. Na, ro'dd digon wedi digwydd yn ddiweddar heb siarad am hyn hefyd. Rhyfedd fel mae pob un crac yn ei amlygu'i hun unwaith y daw un crac i'r golwg. Do'dd hi erioed wedi teimlo fel y teimlai ar yr eiliad honno, fel 'tai hi'n perthyn i neb. Yn Flodeuwedd ryfedd heb wreiddiau. Yn y teimlad o beidio â pherthyn ro'dd rhyw fwgan o ansicrwydd wedi magu. Tynnodd anadl ddofn am i ryw ysictod lenwi'i bol hi. Yn sydyn a heb ddisgwyl hynny. Syllai ar y coed pinwydd a feiddiai ymestyn tua'r haul. Ar 'u pennau 'u hunain, yn edrych mor ddewr. Pam na allai hi fod yn gryf ac yn annibynnol fel y goeden acw? Dechreuodd 'i bol wasgu unwaith eto. Ro'dd hi'n gwybod yn iawn mai bola-tost 'gwneud' o'dd y boen. Bola tost o'dd â'i wreiddiau yn 'i phen. Am 'i bod hi'n becso.

Crwydrodd Mariella'n ôl at 'i chadair. Eisteddodd y ddwy yn dawel am ychydig gan syllu i gyfeiriadau gwahanol. Ro'dd yna awel gynnes yn llifo drwy'r stafell a hithau'n taro traed llaith Isolde. Ro'dd hi'n mwynhau'r teimlad a'r ddwy'n syllu'n fwriadus i wagle'u gwacter, fel 'taen nhw'n mwynhau'u gwewyr. Yn ymdrybaeddu yn y felan, am 'i fod e'n haws gwneud hynny. Wrth i Isolde bwyso'n ôl yn 'i chadair rhoddodd 'i thraed yn ôl yn y basn dŵr. Gadawodd i'r dŵr oer, oer lifo rhwng bysedd 'i thraed. Ymlaciodd i'r fath raddau nes iddi rechu'n uchel. Trawyd ar sensitifrwydd yr ennyd, a llanwyd Isolde ag embaras. Dim ond chwerthin allai Mariella ei wneud. Chwerthin mor galed nes 'i bod hi'n hollol argyhoeddedig 'i bod hithau'n mynd i rechu hefyd. Rhechodd 'i mam eto a rhedodd Mariella yn ferch fach at y chaise-longue wag a neidio arni. O'r diwedd, ro'dd rhywbeth wedi codi'i chalon. Gorweddodd felly am amser heb sylwi nad o'dd 'i mam yn y gadair arall yn chwerthin o gwbl. Syllodd Mariella arni. Llifai deigryn i lawr bochau enfawr 'i mam a daliai 'i dwylo'n dynn yn 'i gilydd. Ro'dd hi'n olygfa druenus. Hi a'i sgert hir ddu yn cuddio'r coesau o'dd ar agor a'i thraed yn araf amsugno'r dŵr yn y basn. Ro'dd hi bron fel planhigyn a'i gwreiddiau tew hi yn y basn dŵr. Bechod.

'Be sy, Mama? Dewch 'mlaen, o'dd hwnna'n ddoniol! Peidiwch â chywilyddio o flaen y'ch merch chi, w. Sdim angen i chi fod â chywilydd.'

Ond nid dyna beth o'dd yn bod. Chlywodd Mariella fyth beth o'dd yn poeni'i mam y diwrnod hwnnw. Er, ro'dd y math hwn o fihafio yn eithaf arferol. Ei mam (nad o'dd yn fam go-iawn iddi) yn crychu'i hwyneb neu'n wylo'n dawel wrth goginio heb egluro beth o'dd wedi gwneud iddi grio. A beth o'dd o'i le arni heddiw? Beth barodd iddi grio mor hir? Cofio am Giuseppe Carboli wnaeth hi. Ei gŵr annwyl. Ro'dd e'n arfer rhechu yr un fath; bron nad o'dd yn yr un cywair yn union â'i rhech hi.

*   *   *

Ac wrth i'r ddwy Eidalwraig orwedd yn 'u bydoedd tywyll, gwibiai'r car yn nes a'r ddwy Gymraes eiddgar ynddo. Ro'dd Mrs Blanche yn gwybod yn iawn mai chwarter awr o yrru o'dd yn weddill. Do'dd gan Anest ddim syniad. A do's dim byd fel y teithio tro cynta yna, ar wib i rywle newydd, heb wybod yn iawn lle mae'r tro nesa yn y ffordd. Wedi bwyta'r tomato a chael nerth, ro'dd hi wedi mynd fel y boi ar hyd y draffordd a hadau'r ffrwyth yn sownd yn 'i dannedd. Ro'dd hi bron yn werth dod yma dim ond er mwyn cael gyrru fel ffŵl a theimlo'r haul ar 'i braich drwy ffenestr y car. Er, ro'dd yn rhaid iddi gyfadde, ro'dd e'n deimlad eitha chwithig gyrru ar ochr arall yr hewl.

'Stopiwch y car, Anest!' Neidiodd y geiriau oddi ar wefusau Mrs Blanche. 'Fe yrra i am weddill y daith. Mae'r daith i fyny'r bryn serth i Casa Toscana yn eithaf sialens, hyd yn oed i un sydd wedi'i daclo ganwaith o'r blaen.'

Llifai Coltrane o'r chwaraeydd a'r llais yn diasbedain fel 'tai'n rhedeg ar egni petrol y car. O'dd rhaid stopio'r car a stopio llif y gerddoriaeth? Ufuddhaodd Anest ac eisteddodd Mrs Blanche tu ôl i'r llyw yn awdurdodol.

Blydi hel, do'dd y ddynes hon erioed wedi gyrru yng Nghaerdydd, heb sôn am yrru ar draffyrdd yr Eidal! Ro'dd hynny'n hollol amlwg. Gwthiodd Anest 'i dwylo i sedd ledr y car gan ysu am gael gyrru dim ond er mwyn gwneud yn siŵr y byddai hi'n cyrraedd y lle 'ma'n fyw. Pa ymlacio a gwerthfawrogi'r olygfa fyddai hi'n ei wneud a hithau'n glymau i gyd? Ro'dd 'i hewinedd hi'n sownd fel cath wyllt yn y gadair.

'A 'drychwch fan'na!' meddai, ei bys (a'r car) yn symud tua'r chwith. 'Pont yn Eidaleg ydy *ponte*,' addysgodd Mrs Blanche 'i disgybl.

'A beth ydy *cachu brics*?'

Synnwyd Mrs Blanche gan 'i chyd-deithiwr cyn chwerthin yn ddrygionus (a'r car yn symud i bob cryndod yn 'i llais). Ro'dd hi'n rhyfedd fel ro'dd Mrs Blanche yn fodlon derbyn iaith fratiog a rhegfeydd ar rai adegau, ac ar adegau eraill yn gwylltio. Wrth iddyn nhw deithio yn 'u blaenau daeth y gerddoriaeth i ben a llanwyd y lle â distawrwydd. Doedd fiw i Anest geisio denu sylw'r gyrrwr. Ro'dd hi am fyw, wedi'r cyfan. Da'th y tawelwch fel cwrlid dros Anest, fel 'tai 'i blinder wedi'i gormesu hi'n llwyr. Rhyfedd hefyd fel ma' blinder yn taro rhywun yn ddiarwybod er 'ych bod chi'n teimlo'n hollol effro'r eiliad cynt. Hiraethodd am 'i gwely am ennyd cyn hiraethu am Gymru a theimlo'n rhyfedd o chwithig eto 'i bod hi mewn car gyda dieithryn. Ceisiodd ddeffro ac atgoffa'i hun 'u bod nhw bron iawn wedi cyrraedd y llety. Tynnodd y drych o'dd yn gorwedd uwch 'i phen i lawr a syllu ar 'i llygaid. Roedd hi'n dueddol o wneud hyn yn awtomatig rywffordd. Yn rhan o baranoia'i chenhedlaeth fod pawb yn sylwi ar bob-dim-'dych-chi'n-neud–felly-well-i-chi-fod-wedi-gwneud-yn-siŵr-yn-gynta. Edrychodd yn hir ar 'i llygaid. Ro'dd unrhyw arlliw o golur o'dd wedi'i ludo ymlaen ben bore yng Nghaerdydd wedi hen ddiflannu. Efallai am 'i bod hi wedi blino'n lân y teimlodd hi'n rhyfedd. Efallai hefyd am iddi syllu'n rhy hir, ond da'th rhyw deimlad rhyfedd drosti, teimlad fel 'tai hi ddim yn nabod y llygaid o'dd yn syllu'n ôl arni hi. Debyg nad o'dd hi'n cael digon o amser yn 'i bywyd yng Nghaerdydd i oedi ac edrych, i ddadansoddi ac i feirniadu. Ro'dd angen iddi dwtio'i haeliau hi'n drybeilig. Y ffasiwn olwg! Syllodd am eiliad yn rhagor cyn cau'r drych a cheisio anghofio'r profiad anghynnes o golli 'nabod arnoch chi'ch hunan. Teimlad fel 'tai'r enaid ddim yn perthyn i'r corff sy'n syllu 'nôl. Syllu'n ddyfnach rywsut, nes bod y cysyniad o drwyn a cheg yn rhyfedd o swreal.

'Na, na, Anest. Dim hel meddyliau. Beth am ychydig o Nina Simone, hm?'

Beth o'dd ynglŷn â hon? Ro'dd hi fel 'tai hi'n gwybod yn iawn beth o'dd ar feddwl Anest drwy'r amser. Ro'dd rhywbeth cysurus ynglŷn â'r peth a rhywbeth rhyfedd iawn ar yr un pryd. Gwenodd Anest ar 'i ffrind.

'Ie, mm, Nina Simone,' ac wrth ymbalfalu am y tâp a'i wasgu i mewn i'r twll pwrpasol, gwyddai pa gân fyddai'n dod i'w chlustiau:

Love me or leave me and let me be lonely
You won't believe me but I love you only
I'd rather be lonely than happy with somebody else.

Am ryw reswm teimlai Anest 'i bod hi'n galaru dros rywun neu rywbeth bob tro y clywai'r gân. Rhyw deimlad hynafol fod rhywun wedi'i gadael hi a'i bod hi'n dyheu am ei gael yn ôl yn 'i bywyd. Y peth rhyfedd o'dd, nad o'dd yna neb yn benodol y gallai hi feddwl amdano o'dd wedi gwneud y ffasiwn argraff arni. Gwyddai gyda'r gorau am y teimlad o ddyheu am rywun a pheidio'i gael e. Duw a ŵyr, ro'dd hynny wedi digwydd iddi trwy'i harddegau. Crysh ar hwn a chrysh ar y llall a'r teimladau melysa erioed yn dod o'r dyheu hwnnw, ond ro'dd y geiriau hyn yn wahanol. Yn galw ar i'r un person arbennig yna ddod yn ôl i'w bywyd hi. Efallai mai'r teimladau hynny ro'dd Anest yn dyheu amdanyn nhw. Y teimlad o angst a'r teimlad o fyw. Y teimlad rhyfedd o fwynhau gwewyr a'r teimlad o eisiau.

Ar ôl deng munud trodd Mrs Blanche y car i'r chwith yn wyllt gan ddilyn ffordd droellog. Roedd Anest yn dal i gydio'n dynn yn sbwng sedd y car. Dringodd y cerbyd am hydoedd, troadau creulon ar bob llaw a'r ddwy ddynes yn syndod o dawel fel pe baen nhw'n gwybod mai dyna o'dd 'i angen. Tawelwch pur. Pasiodd y car dŷ bychan a chae yn llawn geifr gwyn. Ymlaen â nhw nes gweld ci fferm yn dod tuag atyn nhw a'r ast yn cnoi ar y teiars mewn protest.

'Cer o 'ma'r ffŵl! Mae'r cŵn 'ma'n bla!' gwaeddodd Mrs Blanche â'i thrwyn at y ffenest a hithau'n gyrru'n araf, araf erbyn hyn. Dringodd y car eto a'r llwch coch ar yr hewl yn codi'n gonffeti i'w cyfarch. Yn 'i blinder, dychmygodd Anest fod y gwair a'r rhedyn yn chwifio cyfarchion o groeso wrth iddyn nhw yrru heibio. Yn union fel ro'dd hi'n arfer dychmygu pan ro'dd hi'n blentyn. A beth o'dd mor od am hynny beth bynnag? Gwenodd Anest. Wrth iddi wenu, da'th y car i stop. Stopio o flaen y tŷ mwya mawreddog ro'dd Anest wedi'i weld yn 'i byw. Ar ben bryn.

'Dyma ni,' mynegodd Mrs Blanche yn seremonïol.

Casa Toscana. Do'dd Anest erioed wedi gweld dim byd tebyg. Wel, nid â'i llygaid hi'i hun. Ro'dd hi wedi gweld tai tebyg ar y teli – ar raglenni gwyliau ac ar ffilmiau gwael – ond ro'dd meddwl am aros mewn tŷ fel y rhai ar y teli yn ddigon i wneud iddi fod eisiau chwerthin yn uchel. Oedodd Mrs Blanche a syllu ar Anest, fel 'tai hi'n amsugno brwdfrydedd a naïfrwydd 'i ffrind. Sylwodd Anest ar hyn a chau'i cheg rhag edrych yn rhy gegrwth. Agorodd Mrs Blanche ddrws y car. Edrychodd drwy'r ffenest ar Anest a gwneud arwydd iddi ddod ati. Dyma Anest yn amneidio o'r car gan wrando ar y gorchymyn. Do'dd hi ddim yn gallu credu 'i bod hi wedi cyrraedd y fath le. Gwenodd Mrs Blanche wrth helpu Anest i dynnu'r bagiau o gefn y car. Teimlai hithau'n ddrygionus wrth wenu'n ôl fel merch fach. Safodd ar y cerrig a'r llwch coch ar y dreif o flaen y tŷ. Ro'dd y gwres ar ben y bryn yn annaearol a'r clêr a'r mosgitos yn crafu pennau'r ddwy. Ro'dd Anest wrthi'n aros i Mrs Blanche gau drysau'r car ac ro'dd 'i chwilfrydedd hi'n cnoi y tu mewn iddi. Sut wythnos fyddai'r wythnos hon? Beth o'dd yn llechu oddi fewn i waliau'r tŷ crand? Y tŷ crandia iddi aros ynddo erioed, ro'dd hynny'n sicr.

O'r diwedd, i mewn â'r ddwy drwy'r drysau pren, yn herciog i gyd, a Mrs Blanche yn arwain wrth gwrs.

Wrth dynnu'u bagiau y tu ôl iddyn nhw, dyma gael 'u hunain, (pennau'n gyntaf a phob darn o'r corff yn dilyn) yn yr ystafell fyw lle ro'dd dwy ddynes Eidalaidd yn 'i lordio hi mewn cadeiriau esmwyth. Un ferch ifanc yn gorwedd fel tywysoges ar chaise-longue a'r ddynes (mewn du, o'dd yn edrych fel 'tai hi o ryw oes o'r blaen) yn rhochian cysgu a'i thraed tew wedi'u gwasgu i mewn i fasn o ddŵr brown. Teimlai Anest fel 'tai dau fyd wedi cyfarfod am ennyd, mewn tawelwch. Caeodd y drws pren yn glep ar ôl y ddwy Gymraes a neidiodd y ddwy lanhawraig o'u seddi. Ro'dd llygaid Mrs Blanche led y pen ar agor, ac wrth i'w llygaid syllu i lygaid pŵl Isolde, llanwodd 'i hwyneb â gwên gysurus a chwarddiad anhygoel i ddilyn. Y peth rhyfedd o'dd fod Mrs Blanche yn edrych yr un mor drwsiadus nawr ag yr o'dd hi pan gyfarfu Anest â hi yn y maes awyr.

'A! Isolde! Ciao! Ciao!'

Isolde'n codi'n drwsgwl, â'i sgertiau du yn haenau di-ri. 'Ciao! Benvenuto!' a'i dwylo'n uchel yn yr awyr. Ei thraed hi'n gadael olion gwlyb ar y llawr. Ymddiheurodd Isolde ganwaith a dal wyneb Anest yn 'i dwylo sychion. Do'dd Anest ddim yn siŵr iawn beth i'w wneud, felly gwenodd yn dawel a chochi. Tynnodd Isolde 'i dwylo oddi ar wyneb Anest a throi 'i golygon at Mrs Blanche. Ceisiodd Anest ymlacio a syllu ar y dywysoges Eidalaidd ar y chaise-longue. Syllodd Mariella yn ôl arni fel cath wedi'i brawychu. Sylwodd Anest ar 'i llygaid mawr hi (a'r sachau du oddi tanyn nhw). Aeth Mrs Blanche ac Isolde i'r gegin bron fel petaen nhw'n hen ffrindiau. Ar hyn, manteisiodd Anest ar y cyfle i gasglu rhagor o fagiau o'r car. Estynnodd hi fag Mrs Blanche ac yna estyn am allweddi'r car.

Do'dd Mariella ddim wedi dod i arfer â'r holl ymwelwyr. Ceisiodd guddio rhag y Saeson ym mhen pella'r ardd. Rhedodd fel merch fach a phwyso ger y giât bren lle byddai'i mam (nad o'dd yn fam go-iawn iddi) yn 'i ffeindio hi ymhen hir a hwyr. Do'dd dim yn well ganddi na chuddio yn rhywle. Bron fel 'tai dyn yn ceisio gwadu'i fodolaeth 'i hun ac yn gwylio pethau o ongl wahanol. Syllodd yn hir ar ambell forgrugyn yn rhedeg yn frysiog o un lle i'r llall. Yn llawn bwriad. Dim ond ysu ro'dd hi am gael bod yn llawn bwriad ac egni. Y ffordd ro'dd hi'n teimlo, byddai hi wedi bod yn hapus eistedd a phydru yno am weddill yr ha' ac am fwy o amser na hynny hefyd pe bai hi'n cael yr hawl i wneud.

Ro'dd Mrs Blanche yn graff ac yn sylwi ar bopeth. Heb drio bron iawn, ro'dd hi'n amsugno'r awyrgylch. Do'dd yr un o'r ddwy yn siarad ieithoedd 'i gilydd ond rhywsut ro'dd ganddyn nhw rhyw ddealltwriaeth. Yn naturiol, ro'dd Mrs Blanche yn cywilyddio nad o'dd hi'n medru siarad Eidaleg a hithau'n ddigon cefnog i allu fforddio gwersi. Ac ar ben hynny, ro'dd hynny'n ddisgwyliedig er mwyn dangos parch at y wlad yr oeddech ynddi. Do'dd Isolde ddim yn teimlo'r un fath ynglŷn â'r Saesneg. Do'dd dim iot o ddiddordeb ganddi mewn dysgu gair o'r iaith. Dechreuodd y ddwy gyfathrebu gan gychwyn ryw fân siarad a meimio am y ffaith fod Isolde 'still I sad' am Giuseppe yn y llaeth gafr a'i bod hi'n 'fa caldo' o ystyried mai Mehefin o'dd hi. Y ddwy'n cytuno, yn nodio'u pennau i fyny ac i lawr ac yn arwyddo hyn trwy fflapio'u dwylo fel ffaniau. I ddilyn hyn, daeth chwerthin Mrs Blanche a hithau'n dal yn dynn ym mraich Isolde mewn arwydd o ddealltwriaeth. Teimlodd Isolde law 'i ffrind yn gwasgu'n galed iawn. Am ddynes gref, meddyliodd. Wedi'r holl siarad siop a'r chwifio dwylo cafwyd saib. Yn y saib hwnnw ro'dd Isolde'n dawel 'i meddwl ac yn tybio'u bod nhw wedi rhoi taw ar unrhyw falu awyr tebyg. Ond ro'dd Mrs Blanche yn ysu am gael holi un peth bach arall. Cwestiwn o'dd yn crafu yn 'i phen.

'A Mariella a Marco?' holodd yn Gymraeg.

'No. Bastardo!' udodd Isolde gan ymddwyn mor Eidalaidd ag y gallai hi.

Er mor ddibwrpas o'dd hynny, gafaelodd Mrs Blanche yn llaw Isolde a dweud, mewn Cymraeg graenus:

'Mae torcalon yn rhywbeth cyffredin rhwng y cyfandiroedd, Isolde fach, credwch fi. Fydd hi ddim yn rhy hir cyn y bydd hi'n ôl yn ei hwyliau arferol. Bod yn hapus gyda'ch bywyd eich hun. Dyma'r sialens fwya.'

Syllodd y ddwy ar 'i gilydd. Mor braf, meddyliodd Mrs Blanche, bod y ddwy wedi deall 'i gilydd i'r dim er y ffin ieithyddol. Do'dd Isolde ddim wedi deall gair o'r hyn ro'dd Mrs Blanche wedi'i ddweud. Yr hen hulpan wirion, meddyliodd Isolde.

7

Treuliodd tad Marco rai dyddiau yn y gwely. Do'dd hi ddim yn hawdd ar Marco. Fe nawr o'dd yn rheoli'r tŷ bwyta ar ei ben ei hun. Wedi dringo i esgidiau'i dad a'r rheiny'n rhy fach rywffordd. Yn gwasgu ar yr ochrau ac yn gadael bysedd 'i draed yn glymau. Ro'dd Marco wedi cymryd arno rôl y gŵr ymddangosiadol ddibryder gyda'r nos wrth dendio ar bawb ac ro'dd e'n nyrs rhan-amser, ac un eithaf cloff ar hynny, gyda'r hwyr. Er gwaetha'r ffaith nad o'dd e'n hoff o weld 'i dad fel hyn, ro'dd yn well ganddo feddwl mai fe'n unig fyddai'n gorfod dioddef 'i weld e'n swp yn y gwely, ac am ryw reswm ro'dd pawb fel 'taen nhw wedi derbyn hyn hefyd. Ro'dd pawb wedi cymryd cam yn ôl rhag y gofalu. A gan nad o'dd 'i fam wedi bod yno ers blynyddoedd, ro'dd pawb fel pe baen nhw'n meddwl fod Marco a'i dad yn anwahanadwy. Serch hynny, ro'dd pethau'n dal i fod yn straen.

Weithiau mae amser yn gorfodi tad a mab at 'i gilydd, yn gwneud iddyn nhw orfod cyd-fodoli. Ac ro'dd y bryniau'n 'u gwthio nhw'n agos at 'i gilydd. Yn annymunol o agos ar brydiau.

Bore 'ma, ro'dd Marco wrthi'n rhoi'r llieiniau bwrdd ar y lein ddillad. Ro'dd wedi bod yn gyfrifol am yr orchwyl ers blynydde. Byddai'n casáu'r ddefod fel arfer ond ro'dd yna ryw ryddid rhyfedd yn perthyn iddi ben bore fel hyn. Er na fyddai'n barod i ddweud hynny'n gyhoeddus, credai o waelod calon mai swydd y fenyw o'dd delio gydag unrhyw liain neu ddefnydd o'dd angen 'i olchi. Gwyddai hefyd y byddai'n cael bonclust, a hwnnw'n un reit hegar, gan Mariella tasai'n dweud unrhyw beth o'r fath yn 'i gŵydd hi. Ro'dd e'n casáu cael 'i atgoffa ohoni. Do'dd e ddim yn falch o'r peth, ond do'dd dim modd gwadu 'i fod e wedi cael cyfle i anghofio ychydig am 'u sefyllfa nhw fel pâr wedi i'w dad fynd yn sâl. Wedi'r cyfan, ro'dd pethau difrifol wedi digwydd a'r rheiny'n hawlio'i sylw, ddydd a nos. Gwyddai tad Marco hynny hefyd a do'dd e ddim yn or-siomedig. Fyth ers i'w dad fynd yn sâl ro'dd pob dim arall o'dd ganddo i fecso amdano yn mud-ferwi ar gefn y stôf. Nid argyfwng mwy pwysig na cholli Mariella, ond argyfwng â mwy o frys yn perthyn iddo.

Wrth i Marco dynnu un o'r pegiau pren yn dynn am y lliain gwyn gan 'i sodro ar y lein, sylwodd arno. Sylwodd ar burdeb anghymarus y lliain. Rhoddodd 'i law i orwedd yn ysgafn ar ddarn ohono. Ro'dd y lleithder oer ar 'i law, ac yntau yng ngwres tanbaid y bore, yn deimlad hyfryd. Ar ben hyn, sylwodd ar wedd llachar y lliain gwyn wrth iddo siglo'n ôl ac ymlaen. Dyma ysu am gael gorchuddio'i hun yn y defnydd llaith a'i foddi'i hun mewn glendid ac arogl heintus y stwff golchi dillad. Wyddai e ddim pam, ond dechreuodd gamu tuag at y lliain enfawr a gosod 'i gefn yn 'i erbyn a'i gael yn oer ac yn adfywiol. Cyn iddo sylweddoli beth o'dd e'n ei wneud, gafaelodd yn y lliain a'i dynnu amdano a dechrau rowlio i mewn i'r gynfas ddiogel. Wedi'r troi a'r troi gallai ymlacio am ychydig gan edrych i fyny a gweld yr haul yn chwarae wic-whiw ag ambell gwmwl gwyn diniwed. Mwynheai'r teimlad rhyfedd o gael 'i lapio mewn defnydd. Defnydd oer dros 'i groen a gwres yr haul yn dal i daro'n rhyfedd o gryf hefyd. Rhyw gyfuniad perffaith. Wrth iddo sefyll yno a chau ac agor 'i lygaid am yn ail, dechreuodd fwynhau'r teimlad o fod mewn nyth bach pur. Cael sefyll yn y lle o'dd fwyaf cyfarwydd iddo, lle ro'dd e wedi chwarae pêl-droed ers 'i blentyndod a chael 'i hun mewn byd gwahanol yn yr un lle. Mewn realiti gwyn, amheuthun.

Dim ond am ryw funud ro'dd Marco wedi bod yn ymdrochi yn 'i lieiniau tenau pan basiodd rhywun ar yr hewl gefn tu ôl i'r tŷ. Chlywodd e mohonyn nhw am 'chydig ond, yn araf bach, wrth iddyn nhw ddod yn nes dyma glywed sŵn traed a sŵn siarad. Oedden nhw wedi sylwi arno? Rhewodd. Am embaras. Gŵr yn cael 'i ddarganfod wedi'i lapio'n dynn mewn lliain gwyn yn yr ardd, a hwnnw wedi'i osod ar lein ddillad. Uffar o stori dda i Piccolomini, meddyliodd. Ar ôl rhai eiliadau penderfynodd mai'r peth calla' iddo'i wneud fyddai datglymu'i hun o'i realiti rhyfedd. Wedi'r cyfan, ro'dd y synfyfyrio a'r teimlad o ymlacio wedi hen ddiflannu. Bellach, teimlai'n boethach nag o'r blaen. Ac yn goron ar y cyfan, ro'dd yn goch gan embaras.

Ro'dd rhywun wedi'i weld e, ro'dd hynny'n bendant. Ar hynny, clywodd besychiad awgrymog. Gydag un anadliad sydyn, a chan ysu am fwgyn melys i'w dawelu, tynnodd 'i hun yn rhydd o'i dwpdra. Waeth iddo fod wedi rhoi arwydd coch uwch 'i ben ddim yn dweud 'dewch i wylio'. Dyna lle'r o'dd Piccolomini a Bella Dallavalle ar un ochr a'i ffrind ysgol, Luigi ar y llall. I gyd yn *digwydd* pasio wrth gwrs. Gwenodd Luigi arno gan godi llaw a cherdded yn 'i flaen. Chwarae teg iddo. Ro'dd e wastad wedi bod yn ffrind da. Do'dd Piccolomini a Bella ddim am symud, fodd bynnag. Bron i Marco weld clustiau bach Piccolomini yn symud yn ôl ac ymlaen mewn chwilfrydedd anifeilaidd. Pwrsyn, meddyliodd Marco. A Bella ar y llaw arall; do'dd hi, a bod yn deg arni, ddim yn gwybod yn iawn sut i ymateb. Braw a barodd iddi hi sefyll cyhyd, ym marn Marco. Safai'n gegrwth â'i llygaid yn dyfrio, a marciau cwestiwn yn 'u canol nhw. Actores dda o'dd hi mewn gwirionedd. Ro'dd hi'n gwybod cystal â Piccolomini fod un o'r Toriniéri yn cuddio yn y lliain gwyn. On'd oedden nhw i gyd yn boncyrs?

Ar ôl i'r syllu barhau a'r saib rhyfedd lifo'n drwchus rhwng y tri dechreuodd Marco feddwl am siarad. Bron iddo ofyn: 'A? Beth 'ych chi ishe? I fi dynnu'r bwni bach hyll o'r het, ie?' Ond fiw iddo ddweud dim ac yntau'n ddyn busnes. Gwenodd a phesychu ychydig cyn codi'i law a cherdded tuag at y tŷ. Deffrôdd y ddau ysbïwr a chodi llaw yn gyflym, fel 'tai dim wedi digwydd, a cherdded yn 'u blaenau. Tuchiodd Marco. Er gwaetha'r codi llaw a cherdded i ffwrdd fel 'tai dim wedi digwydd, gwyddai y byddai'r stori'n dew ar hyd y pentref erbyn amser swper. A'r ddau gnaf yna fyddai'n gyfrifol. A ph'run bynnag, beth o'dd o'i le ar sefyll ymhlith eich llieiniau glân?

bechgyn ifainc gael 'u dal yn eistedd yn yr haul yn gwylio'r pentref â'u cegau led y pen ar agor. On'd oedden nhw'n gwybod y gallai unrhyw gleren neu wybedyn hedfan i mewn i'w cegau a byw, yn wir, yn 'u boliau? Am flynyddoedd hefyd!

Na, ro'dd e wedi penderfynu. To'dd hi mor glir â hoel ar bost? Ro'dd Marco'n honco, fel 'i dad ac fel 'i dad-cu. Oedodd am eiliad. Do'dd 'na ddim sôn erioed fod 'i dad-cu yn honco. Ta waeth, mae'n siŵr mai cuddio'r peth yn dda ro'dd e. Mae cyfrinachau rif y gwlith yn llechu o dan y llwch 'ma, meddyliodd a siglo'i ben. Biti.

Sythodd 'i gorff yn erbyn y wal a syllu ar 'i fysedd main. Ro'dd darn bach o shitrws pren wedi ffeindio'i ffordd i mewn i'w fys canol a bu'n trio ers hydoedd i'w dynnu o'i gartref newydd. Do'dd e ddim yn brifo dim, na, ond ro'dd meddwl amdano'n gorwedd yno yn ddigon i'w yrru o'i go'. Dechreuodd dynnu croen oddi ar 'i fys yn y gobaith o gael gafael ar y crwydryn. Gwthiodd 'i ewin yn ddwfn i flaen y bys drwg a syllu'n graff arno. Teimlai'n eithaf athronyddol, er nad o'dd yn gwybod beth o'dd y gair cywir am hynny, am iddo ddychmygu mai'r shitrws yn 'i fys o'dd y symbol o ddrygioni yn Buon Torrentóri a'i fod ef, ar 'i ben 'i hunan, yn ceisio cael gwared ar y drygioni hwnnw. Ychydig a wyddai nad o'dd e wedi llwyddo i wneud hyn o gwbl. Do'dd dim un lleidr nac unrhyw un arall o ran hynny yn cael braw o weld Piccolomini. A dweud y gwir, ro'dd pawb yn eithaf hoff o gael 'u dal ganddo. Bron fel 'taech chi'n cael eich dal gan y cowboi pan oeddech chi'n Indiad ar yr iard chwarae yn yr ysgol. A'r straeon o'dd i'w hadrodd wedi hynny! Roedden nhw'n werth chweil a phawb yn piso chwerthin wrth i'r adroddwr 'u dweud nhw.

Beth bynnag am hynny, ro'dd y gwir yn wahanol i Piccolomini. A phwy a ŵyr pa wirionedd o'dd y gwir? Wedi'r cwbl, dyma o'dd 'i wirionedd e. Rhegodd o dan 'i anadl am nad o'dd gobaith dod â'r shitrws i'r wyneb am wythnos arall o leia. Byddai'n rhaid iddo ddioddef 'i weld yn gorwedd yn dwt yn 'i fys am rai dyddiau eto. Mae pethau bychain yn poeni'r rhai sydd heb ormod i'w wneud, meddyliodd, ac ro'dd e yn llygad 'i le. Wedi'r cyfan, onid o'dd Piccolomini crefftus wedi gallu cadw trefn ar yr hen le 'ma i'r fath raddau nad o'dd dim oll ar ôl i'w wneud yma? Dim ond diogelu'r heddwch ro'dd e'n 'i wneud nawr, ac ro'dd e'n hen law ar wneud hynny. Dim ond sicrhau fod 'i hafan yn parhau â'i thraddodiad heddychlon. Diolchodd i'r Forwyn Fair am iddo gael y cyfle i fod yn berson cyfiawn mewn cymdeithas. A diolchodd i'w fam a'i dad hefyd (am iddyn nhw fod yn rhieni mor ofalus). Daeth deigryn bach i gornel 'i lygad chwith wrth feddwl am 'i dad. Hen ddyn clên o'dd e. Heblaw am y noson anffodus pan wylltiodd, ar ôl dod o hyd i'w wraig e'n gorwedd gyda'r geifr yn y caeau y tu ôl i'r tŷ. Chwarae teg, meddyliodd y mab â'r shitrws yn 'i fys, ro'dd e'n hen ŵr erbyn hynny.

*   *   *

Syllodd Marco i lawr arno ac yntau'n cysgu'n braf. Fel baban dwyflwydd. A dweud y gwir, edrychai'n debycach i faban nag oedolyn erbyn hyn. Ei wallt yn dechrau diflannu ar 'i gorun a'i wefus isa fel 'tai hi wedi chwyddo fymryn. Do'dd Marco ddim am 'i ddeffro i ddechrau. Ond wedi dweud hynny, do'dd e ddim yn awyddus iddo gysgu am lawer yn hirach gan na fyddai'n cysgu'r nos wedyn. Yn union fel baban dwyflwydd, meddyliodd.

Fyth ers y noson honno, do'dd ei dad ddim wedi gwella'n llwyr. Bron fel 'tai 'i bersonoliaeth wedi diflannu dros nos. Ro'dd Marco'n awyddus iddo ddod yn ôl i'r gegin, i gael gweld yr hen bethau cyfarwydd. Ond do'dd dim diddordeb gan 'i dad. Nid nad o'dd e'n iach yn gorfforol. Ro'dd e'n awyddus i godi o'r gwely ac i fynd o amgylch y tŷ a gwneud gwahanol bethau, ond do'dd e ddim fel 'tai am fynd yn ôl at 'i hen ffyrdd. Fel 'tai'n rhywun o'dd eisiau anghofio pwy o'dd e. Do'dd Marco ddim am adael i hyn ddigwydd, fodd bynnag. Er 'i fod yn cydymdeimlo â'i gyflwr ac yn gwneud 'i orau glas i fod yn nyrs, ro'dd yna elfen o gasineb yn parhau i gorddi yng nghrombil Marco. Casineb am y ffordd ro'dd 'i dad wedi dinistrio'i unig berthynas lwyddiannus. Casineb am 'i fod yn dal i'w garu e hefyd. Rhyw gymhlethdod rhyfedd o emosiynau nad o'dd e wedi'u teimlo nhw o'r blaen.

Dechreuodd Marco hel meddyliau wedi hynny. Efallai mai rhywbeth fyddai'n digwydd iddo yntau hefyd o'dd yn digwydd i'w dad. Mynd yn wallgo yn 'i henaint. Bu bron iddo golli'i anadl wrth sylwweddoli 'i fod wedi awgrymu fod 'i dad yn sâl 'i feddwl. On'd hwnnw o'dd yr unig tabŵ o'dd ar ôl mewn cymdeithas? Yr *un* peth nad ydych chi i fod i'w yngan wrth yr un dyn byw y tu allan i'r teulu. Byddai'r rhelyw o'r pentrefwyr anwybodus yn meddwl fod angen i'w dad dynnu ei hun at ei gilydd, ac anghofio am 'i broblemau bach pitw. Symud yn ei flaen a pheidio bod mor hunanol. Agorodd 'i dad 'i lygaid.

'O'r diwedd! Pnawn da i chi syr.' Gwenodd Marco arno a llygaid 'i fab yn amlwg wedi blino.

'Wel? O's arnoch chi awydd dod 'da fi i'r gegin 'te? Gallwn ni baratoi tamed bach, ar gyfer heno.' Dim ymateb.

Syllodd 'i dad yn ôl arno'n fud gan wenu'n betrus. Gwenodd Marco yn ôl. Do'dd e ddim wedi 'i weld e'n gwenu ers amser. Sylwodd Marco 'i fod yn dal i wisgo un o ffedogau'r gegin a honno'n llawn arogleuon. Efallai mai dyma o'dd wedi ysgogi'i dad i wenu. Arogleuon perlysiau'r gegin yn 'i ddeffro fe, yn 'i atgoffa o sut ro'dd pethau'n arfer bod. Profwyd pa mor flinedig o'dd Marco wrth iddo yntau sylweddoli 'i fod yn dal i ddal un o'r llieiniau sychu llestri o'r gegin yn 'i law.

''Ych chi am ddod, on'd 'ych chi? Hei?'

Pesychodd 'i dad gan geisio siarad. Ar hynny, dyma fe'n trio codi o'i wely. Mewn un hyrddiad. Aeth Marco ato i'w helpu.

'Sai'n deall shwt alli di fadde i fi, Marco.'

Syllodd Marco yn ôl ar 'i dad. Nid dyma ro'dd e am 'i glywed. Nid rhagor o'r rwtsh-mi-ratsh a lifai o'i feddwl. Beth am ambell frawddeg normal? Beth am, 'sut wyt ti heddiw?' Ro'dd Marco'n deall, gystal â neb, fod pobl yn dod yn fwy sensitif i bethau ysbrydol ar gyfnodau arbennig yn 'u bywydau. Do'dd Marco ddim yn ddyn galluog iawn ond fe wyddai pan o'dd 'i ymennydd mewn rhyw gêr gwahanol i'r arfer. Weithiau mewn byd lle medrwch chi ddychmygu'r amhosibl a thro arall mewn byd lle medrwch chi boeni'n ormodol hyd nes bod y problemau'n chwyddo'n gawdel yn eich pen.

'Peidiwch nawr, Tada. Sai moyn clywed unrhyw beth sy'n swnio'n debyg i sŵn y felan yn eich llais chi. Rych chi wedi bod yn gor-feddwl, 'na i gyd. Yn stŷc yn y gwely yn rhy hir.'

'Gor-feddwl', meddai'r tad dro ar ôl tro gan syllu'n gysglyd i wyneb 'i fab.

Ceisiodd Marco fod yn ddi-emosiwn, ond methodd. Wrth iddo syllu ar 'i dad, ac yntau'n parhau i fwydro ac ystumio, taflodd y lliain yn glep i'r llawr.

'Caewch 'ych blydi ceg, newch chi? Am *un* eiliad!'

Syllodd y ddau ar 'i gilydd a dechreuodd gwefus isaf 'i dad grynu. Ro'dd yn gweld y peth yn anodd credu. Ei dad yn crio o'i fla'n. Fel plentyn o'dd eisiau sylw.

'O pidwch, newch chi? Wy'n sori. O'n i ddim yn bwriadu gweiddi . . .'

Ond do'dd dim bwriad gan 'i dad roi terfyn ar 'i grio. Criodd a chrio hyd nes bod 'i wyneb yn gybolfa o ddŵr a chroen. Aeth Marco ati i geisio'i dawelu yr eilwaith ond do'dd dim pwynt. Ganol dydd golau a'r haul yn pistyllu drwy'r ffenestri ro'dd 'i dad yn crio a Marco heb syniad yn y byd pwy allai helpu. Tynnodd 'i law o'i boced a sychu'r chwys oddi ar 'i dalcen.

'Ma'n rhaid i fi fynd yn ôl i'r gegin. Sori, Tada.'

Do'dd dim diwedd ar ddagrau'r tad a do'dd dim ots ganddo chwaith fod 'i fab yn gadael yr ystafell. Dyma Marco yn gosod 'i law y tu ôl i'w ben ac yn syllu ar y person diarth yn y gwely. Anadlodd yn ddwfn a cheisio rheoli'i hun. Symudodd oddi wrth y gwely, ac mewn un cerddediad bwriadus aeth o'r ystafell a chau'r drws. Ar y grisiau, yn y cysgod, edrychai pob dim yn waeth byth. Do'dd unman gan Marco i guddio. Ar y steire fan hyn, dyma'r unig le y cai gyfle i fod ar 'i ben 'i hun y dyddiau hyn. Yn araf bach, pwysodd 'i ben yn erbyn y wal ac anadlu'n ddwfn. Wrth iddo anadlu allan a theimlo'i fol yn mynd yn llai, dechreuodd grio. Crio fel ffŵl gwirion. Crio fel dyn nad o'dd yn becso. Ro'dd pob dim yn llanast llwyr. Crio tawel, heb sŵn; crio ysgwyd ysgwyddau a chrio crychu wyneb. Crio rhyfedd pan nad oes neb yn dod i achub y dydd, yn dod i sychu boch. O glywed 'i dad yn beichio fel baban yn yr ystafell arall ro'dd e 'i hun yn 'i gweld hi'n anodd stopio. Bron fel 'tai mewn rhythm gyda'i dad. Yn crio ac yn anadlu gyda'i gilydd a'r wal rhyngddyn nhw.

'Ti mor ffycin hunanol,' ynganodd Marco wrth i ddagrau lifo i'w geg yn gymysg â'i boer.

8

Dydd Sadwrn ac, ymhlyg ym mryniau Toscana, ble r'odd y tes bron fel pe bai ar dân a'r gweithwyr yn glymau i gyd yn y gwres, ro'dd un Gymraes fach yn y gwair. Ro'dd hi wedi treulio bore a phrynhawn yn gorwedd fel ci o flaen y tŷ haf, yn amsugno pelydrau'r haul. Eistedd a gorwedd a syllu a hel meddyliau. Ac wrth reswm ro'dd yr holl orwedd yn yr haul wedi gadael ôl ar 'i chroen. Wedi'i sychu hi'n grimp. A haleliwia am hynny, meddyliodd. Do'dd hi ddim wedi atgoffa'i hun i daenu rhagor o stwff haul ar 'i bochau na'i breichiau. Daria! Mewn gwirionedd, ro'dd Anest yn mwynhau'r holl deimlad o losgi, oherwydd dim ond trwy losgi y byddai hi'n mynd yn frown. A beth bynnag, ro'dd y teimlad o losgi'n 'i hatgoffa hi o'r teimlad 'gŵyl y banc' hynny yn yr ysgol, pan o'ddech chi'n mynd yn eich ôl i'r ysgol yn edrych fel cimwch. Teimlad rhyfedd o bleserus. Teimlad chwerw-felys. O'dd, ro'dd hi wedi llosgi ac ro'dd hynny mor wrth-p.c. o braf. Ro'dd y llosg fel 'tai'n arwydd concrit iddi hi'i hun 'i bod hi yno hefyd. Yn yr Eidal, ac yn bell o bob man. Yn gwneud dim iot o ddim byd ond gorwedd. Eisteddodd y gochen yno a meddwl am bob peth dan haul. Un fel 'na fuodd hi erioed. Ro'dd lot yn mynd ymlaen yn 'i phen ond prin fod pobl yn gwybod am hynny. Hyd yn oed 'i ffrindiau gorau. Yn y pen draw, ro'dd hi wedi bodloni ar wenu a siglo pen, wedi bodloni nad o'dd yn rhaid gweiddi pob dim o'dd yn nofio yn 'i phen er mwyn i bawb gael clywed. Ro'dd gormod o lawer ohonyn nhw'n gweiddi yn barod, meddyliodd.

Gorweddai yn yr haul gan geisio darllen 'i thipyn nofel am ogledd Cymru yn y chwe degau, ond allai'r geiriau mo'i hudo. Yn un peth, ro'dd yr haul yn 'i dallu ac ar ben hyn ro'dd pob dim fel 'tai mor amherthnasol. A Chymru'n ymddangos mor bell i ffwrdd. Am ryw reswm ro'dd 'i hymennydd yn nofio yn 'i phenglog, yn methu gadael iddi ddarllen ac ymlacio. Anghofio. Ro'dd yr oedi hwn wedi gwneud pethau rhyfedd iddi. Wedi cynnig rhyw ryddid o'r newydd iddi.

Rhyw deimlad 'Mynd ar Drip i Langrannog' dda'th drosti. Ond mai un o'r 'Tripiau Llangrannog' pan nad o'dd hi'n hiraethu o'dd hwn. Ro'dd ymlacio a meddwl amdani'i hun wedi gwneud iddi gwestiynu'i bodolaeth, bron. On'd oedd Caerdydd yn ddigon i godi'r felan o gofio am ei bywyd hi adref? A hithau wedi troi'n 'neb', heb na phersonoliaeth na dyhead. Ac yn y tawelwch hwn heddiw roedd hyn yn ymddangos mor amlwg.

Ro'dd 'i henaid hi wedi'i syfrdanu gan yr oriau di-ri o dawelwch. Adar bach mewn coeden yn cael llwyfan i ganu drwy'r dydd a rhywun yn gwrando. Er, wedi dweud hyn, roedd ambell feic modur yn murmur yn y pellter o bryd i'w gilydd a sŵn trên yn mynd a dod yn y dyffryn wedi tynnu'i sylw hi. Ac ro'dd hyn yn gysur, cael clywed synau cyfarwydd ymysg y tawelwch. Yn enwedig am nad oedd ei ffôn symudol yn gweithio. Trawyd hi gan y ffaith ei bod ar ei phen ei hun. Lle ro'dd Mrs Blanche beth bynnag? Ro'dd hi wedi addo bod yn ôl ers meitin. Wedi picio i weld ffrind gan adael Anest yn frenhines ar Casa Toscana. Do'dd hi ddim yn malio botwm corn 'i bod hi ar ben bryn ar 'i phen 'i hun, ond roedd hi'n ymwybodol o'r peth. Heb ffôn a heb gar. Heb unrhyw ffordd o fynd oddi yno pe bai angen. Do'dd hi ddim wedi meddwl am y peth drwy'r dydd, tan nawr. Wrth ystyried y peth, teimlai wedi'i hynysu braidd. A'r coed yn gefndir i'r tŷ. Ceisiodd beidio meddwl am y peth. Ceisiodd ddychmygu bod 'i mam hi yn y gegin.

Llygadodd y bryniau am y canfed tro. Eu llinellau llyfn yn grwm, fel darnau o gyrff. 'Tase Anest Gwyn yn credu yn Nuw bydde hi wedi gallu taeru 'i fod e neu hi'n bodoli heddiw. Ond do'dd hi ddim yn credu yn Nuw, felly dyna ni. Gorweddodd yn ôl eto a cheisio darllen 'i llyfr, ond do'dd dim awydd arni. Ceisio newid y ffordd ro'dd hi'n gorwedd wedyn. Mor aflonydd ac mor ddi-hid. Pob dim bron iawn yn mynd ar 'i nerfau hi. Dyma daflu'r llyfr i'r naill ochr a cheisio ymlacio. Ar 'i gwyliau ro'dd hi wedi'r cyfan. Beth o'dd y pwynt gorfodi dy hun i ddarllen rhyw lyfr sych a thithe ar dy wylie? Teimlodd 'i braich chwith â'i llaw dde a'i hanwesu yn yr haul. Do'dd hi erioed wedi meddwl am y peth o'r blaen. Peth mor rhyfedd yw croen. Yn cuddio dy waed a'th wendidau di i gyd. Yn gynfas toesog dros dy wythienne di. Ar waethaf pob ymdrech i beidio hel meddyliau, dyna lle'r o'dd hi eto. Daeth rhyw deimlad rhyfedd o farwoldeb drosti. Dechreuodd sylweddoli, yn ara' bach, a hynny am y tro cynta, pa

105

mor frau o'dd hi. Ei bod hi'n ddarn o groen meddal allai gael 'i falu ar unrhyw adeg. Ro'dd pob dim wedi dechrau teimlo mor anghyfarwydd, mor estron. Hyd yn oed 'i chorff hi'i hun. Chwydu. Dyna'r unig beth allai hi ddychmygu'i wneud. Chwydu dros bob man a chwydu pob diferyn o'r pendroni dros y llawr. Â'i llaw ar 'i chalon, do'dd hi erioed wedi teimlo mor wasgarog a'i chorff mor ddatgymalog. Roedd fel petai'r sioc o fod yno, ar wyliau, wedi'i tharo hi. O gael hoe o Gaerdydd (a hynny ond pedair awr ar hugain yn ôl) cafodd dröedigaeth o fath (er na wyddai hynny).

Roedd y sioc o fod yno, yn gorweddian yn yr Eidal, wedi'i tharo hi. Fel rhoi genedigaeth i fabi pan nad oeddech chi'n gwybod eich bod chi'n disgwyl yn y lle cyntaf. Er mai rhywbeth reit syml o'dd wedi digwydd, ro'dd y ffaith 'i bod hi bellach yn gorwedd ar fryn yng nghanol Toscana ar 'i phen 'i hunan yn ormod i'w amgyffred. Ro'dd pob dim yn rhy berffaith (do'dd dim erioed wedi bod yn rhy berffaith i Anest Gwyn o'r blaen). A dweud y gwir, ro'dd hi wedi dechrau dod yn reit gyfforddus gyda bod yn anghennus, yn berson o'dd yn dyheu am bob mathau o bethau ond yn cael braidd dim. On'd oedd hi'n haws diodde weithiau, yn haws breuddwydio am bethau yn hytrach na'u byw nhw? Yn haws caru rhywun o bell. Dychmygu yn lle byw. Teimlai, yng ngwres yr haul, mai breuddwyd oedd y cyfan, rhyw berlewyg. Holodd ei hunan yn ddwys am amser. Sylweddolodd ar ôl tipyn mai dyma un o'r troeon cyntaf iddi fod ar 'i phen 'i hunan ers

Wedi i Anest sylweddoli'r holl bethe 'ma, y cyfan y gallai hi feddwl am ei wneud o'dd datgan hyn i gyd wrth rhywun. Cael cyfle i sgwrsio, cael rhyw gatharsis. Ro'dd hi wedi bod 'run fath erioed. Yn diflannu pan ro'dd pobl yng nghartref 'i rhieni yn cael bwyd ac yn mynd i wneud rhywbeth ar 'i phen 'i hun am ychydig; yn nes ymlaen byddai'n dod yn ôl yn llawn bwrlwm, yn ysu am gael siarad a siarad a siarad. Gwenodd wrth gofio mynd i wersi nofio. Mr Lamb yn siarsio pawb i nofio ugain o weithiau ar hyd y pwll, a hithau'n cronni'r holl bethau o'dd yn dod i'w phen hyd nes cyrraedd yr ystafell newid. A chael 'u chwydu nhw allan yn fan'na. Yn bistyll o ddŵr clorin. Nid bod neb yn gwrando wrth gwrs, ond doedd dim ots gwirioneddol am hynny. Ro'dd y gwersi nofio'n bethau rhyfedd. Os oeddech chi wedi blino'n lân, ac am stopio, do'dd ganddoch chi mo'r hawl i wneud. Ro'dd yn rhaid i bob plentyn nofio hyn-a-hyn o 'hyd y pwll'. Dim ond Stuart Rees o'dd yn ca'l nofio faint fynnai e. Am fod Stuart yn ca'l ffits a'i fod yn gwbod pan o'dd yn rhaid iddo stopio. Bachgen shimpil o'dd Stuart, bob amser yn edrych â llygaid llo ar bawb. Do'dd Anest ddim yn siŵr pam, ond ro'dd diddordeb mawr ganddi mewn dychmygu sut fyd o'dd y byd i Stuart. Ro'dd hi wastad wedi meddwl hyn, wedi pendroni amdano, eisiau gwybod sut ro'dd pethau'n edrych o berspectif Stuart Rees. Rhyfedd hefyd, do'dd hi ddim wedi meddwl am y pethau hyn ers iddi adael yr ysgol. A nawr, yn ffrwd o ddŵr clorin, ro'dd pob dim wedi dechrau llifo'n ôl.

Erbyn hyn, ro'dd Anest yn dechrau cynefino â'i

chymeriad 'i hun. Yn sgwrsio â hi 'i hun ac yn ymlacio. Casglodd fod yn rhaid i chi dderbyn (neu ddioddef, o leia) eich cwmni eich hun cyn rhannu eich enaid ag eraill. O'dd, ro'dd Mrs Blanche yn gwmni. Mae'n debyg mai'r hyn o'dd yn braf ynghylch 'u perthynas nhw o'dd nad o'dden nhw gyda'i gilydd byth a hefyd. Do'dd 'i 'mam fabwysiedig' ddim yn mynd i hawlio'i sylw hi am wythnos gyfan nac Anest hithe. Ro'dd e bron fel 'tai Mrs Blanche yn ymwybodol o angen y ferch o Gastell-nedd i ddatblygu. Ca'l siawns i fod yn hi 'i hun.

Ta waeth, am y tro cyntaf ers hydoedd, ro'dd Anest 'i hun yn hawlio'i sylw hi gan ddeall 'i bod hi'n bosibl mwynhau heb rannu popeth ag enaid arall. Ro'dd y dyddiau diwethaf wedi dysgu iddi y bydde Anest yn gallu ymdopi gydol 'i hoes ar 'i phen 'i hunan pe bai'n rhaid. A hynny oherwydd profiad un pnawn braf yn Nhoscana. Rhyfedd fel ma' cwpwl o orie yn gallu newid eich bywyd chi. Newid eich gor-olwg chi ar yr hen fyd honco 'ma.

*   *   *

Fel ro'dd y clêr a'r gwybed yn 'u hanterth, a'r gwair yn diolch am i'r haul fynd i lawr, aeth dwy lwglyd (un yn llosg i gyd a'r llall mewn dillad lliain drud) i gyfeiriad Buona Casa, tŷ bwyta Buon Torrentóri. Mewn tacsi.

'A'r lle 'ma, Anest! Wel, dwi mor falch i chi fagu chwant bwyd. Yr unig gymhariaeth sydd gen i . . .'

llyncodd Mrs Blanche yn gyffrous, '. . . ydy blas cân dda ar eich tafod.' A gweud y gwir, ro'dd Mrs Blanche wedi mynd un cam yn rhy bell nawr am nad o'dd Anest yn deall yr un gair. Sut yn y byd o'dd cân dda yn effeithio ar 'ych tafod chi? Wedi gweud hyn, ro'dd Mrs Blanche yn edrych y part heno. Ei chroen yn hanner disgleirio yn y gwyll a'i dillad lliain lliw fioled yn berffaith am 'i chorff hi. Mor braf fyddai medru fforddio'i chroen hi, meddyliodd Anest. Ro'dd yr holl syniad o groen da, wrth gwrs, yn dibynnu ar faint o arian o'dd 'da chi. Ro'dd hyn yn ffaith. Wfftiodd Anest. Arian, ac arian yn unig, oedd yn rhoi min ar rinweddau Mrs Blanche. Petasai hi'n gwisgo dillad di-raen, colur rhad ac ar 'i ffordd i'r bingo fel 'i mam hi, ro'dd Anest yn gwbod yn iawn na fyddai Mrs Blanche yn serennu, na fyddai hi'n sefyll mas o gwbl. Ond dyna oedd yn 'i gwneud hi'n arbennig, sbo. Y cyfuniad lwcus o gyfoeth a steil. Penderfynodd Anest, yr eiliad honno, wrth edrych ar 'i ffrind, y byddai hi'n gwneud ymdrech i edrych yn debyg iddi pan fyddai hi'n hen fenyw. Yn drwsiadus. Achos, a bod yn onest, do'dd Mrs Blanche ddim yn denau ond 'i bod hi'n gwybod beth o'dd yn 'i siwtio hi. A'i bod yn gallu fforddio'r dillad oedd yn gweddu iddi, wrth gwrs.

'Cân dda? Ar eich tafod? Sori, sa i'n deall nawr.' Doedd dim modd gwadu fod Anest yn edrych fel cimwch wrth ochr 'i ffrind. Do'dd Mrs Blanche ddim yn rhy hapus fod Anest wedi llosgi mor wael. Yn un peth, roedden nhw'n edrych fel twristiaid arferol nawr, ac yn ail, ro'dd yr haul yn amlwg wedi ffrio'i phen.

'Dewch ymlaen, Anest fach. Wyddoch chi pan mae cân dda yn cydio, neu rhyw gymal neu gord fel petai'n tynnu tannau yn eich enaid chi?'

'Gwn,' atebodd. Ond beth o'dd gan 'ny i neud gyda blas, felly? Do'dd y fenyw ddim hyd yn o'd wedi ateb y cwestiwn! Gwibiai'r tacsi du dros y ffyrdd tua Buon Torrentóri a'r gyrrwr bach tew yn glustiau i gyd. Almaenwyr yn aros yn nhŷ Saeson, meddyliodd e. Am fyd rhyfedd!

'Pam ry'ch chi mor hoff o gerddoriaeth, Mrs Blanche?' Sylweddolodd Anest nad o'dd hi wedi holi'r fath gwestiwn i'w hathrawes o'r blaen. A dweud y gwir, ro'dd hi'n teimlo'n rhy angylaidd o lawer yn gofyn y fath beth. Do'dd hi ddim yn disgwyl yr ateb gafodd hi chwaith. Hynny yw, gan fenyw mor sicr a hyderus yr olwg.

'Am fod pobl yn bethau bach annibynadwy, Anest. Ond Miles Davies? Mae e yno bob awr wy ei angen e. Dyna pam.'

Blydi hel, ro'dd Anest yn falch 'u bod nhw wedi cyrraedd y pentre. Fyddai hi ddim wedi gallu stumogi clywed y fenyw yn rhefru am 'i hemosiynau hi am un eiliad yn fwy. Camgymeriad oedd gofyn y cwestiwn. Wedi'r cyfan, ro'dd 'i chefn hi'n llosgi ac ro'dd hyn wedi'i rhoi hi mewn mŵd reit ddiamynedd. Syllodd Anest o'i hamgylch wedi iddi stryglo o'r tacsi. Am le od, meddyliodd. Pentref bach llawn bywyd heb un stryd amlwg. Pentref o'dd yn rhyw glytwaith o adeiladau, a'r rheiny'n gorlifo i'w gilydd yn flêr. Twneli uwch 'u pennau, agoriad fan hyn a throadau'n troelli o'r golwg. Efallai mai'r

111

gwres yn y gwyll o'dd yn creu teimlad mor hudol, a phobl fel 'taen nhw'n pwyso o bob ffenest. Teledu'n sgrechian o un tŷ a baban yn sgrechian o un arall. Bonllef o fywyd. Dyna be o'dd yr haul yn gallu'i neud, meddyliodd Anest. Dyma beth sy 'i angen ar bawb gatre, yr haul i'w tynnu nhw o'u cartrefi.

Ac weithiau mae dyn yn gweld golygfa mae'n credu iddo fe 'i gweld yn 'i orffennol. Dyna'r union bleser brofodd Anest o gael 'i harwain gan Mrs Blanche rhwng y potsh o dai nes troi cornel fach a gweld y lle. Fel 'tai'n syth o ryw nofel fach ramantaidd, Buona Casa. Safai cefn y tŷ o'u blaenau, wedi'i addurno â rhyw wyddfid ac yno, ymhlyg mewn sgwâr cerrig bychan, dotiodd Anest at ddegau o fyrddau a chanhwyllau bychain ar bob bwrdd yn wincio fel pryfed tân. Rhywsut, ro'dd y lle'n ymddangos mor gartrefol. Dyma'r ddwy yn mynd yn nes ac yn eistedd yn betrus wrth un o'r byrddau. Eisteddai ambell bâr Eidalaidd ar y naill ochr iddyn nhw. Tynnodd Mrs Blanche 'i siaced liain gan ddatguddio fest wen denau, chwaethus.

'Wy'n ofalus o beidio gor-hysbysebu'r lle bach 'ma. Crair go-iawn, ac yn rhad iawn ar ben hynny! A gyda llaw, fy nhrît i yw heno.'

Ymlaciodd Anest gan wenu a diolch. Do'dd dim pwynt protestio. Ro'dd 'i theulu hi wastad wedi'i dysgu i dderbyn rhodd yn raslon, heb drio protestio a cheisio talu drosoch eich hunan. Er gwaethaf pa mor hyfryd o'dd y lle, ro'dd Anest yn dal i deimlo'n eithaf annifyr heno wrth i'w chroen llosg grafu yn erbyn y gadair. Pwysodd Mrs Blanche dros y bwrdd tuag ati ac chafodd Anest 'i hatgoffa ohoni'n pwyso i siarad yn y dosbarth nos. Ei llais yn glir a thawel.

'Yr unig biti am y lle ydy . . .'

Neidiodd Anest o'i blaen '. . . nag ŷ'n nhw'n whare cerddoriaeth?'

Gwenodd y ddwy ac ymlaciodd Mrs Blanche yn 'i sedd cyn chwerthin yn uchel. Chwerthin o'dd, am y tro cyntaf ym mhrofiad Anest, ychydig yn rhy floesg. Wrth i'w chwerthin dawelu yng nghefn 'i gwddf daeth gŵr Eidalaidd golygus drwy'r llenni amryliw yng nghefn y tŷ a'i wên yn ddigon i wneud Anest yn sâl. Cododd Mrs Blanche oddi ar 'i chader.

'Marco! A! Marco,' a digwyddodd rhywbeth rhyfedd yng ngolwg Anest. Wnaeth y ddau ddim cofleidio ond, yn hytrach, clapiodd Mrs Blanche 'i dwylo gan chwerthin fel petai hi'n aros am sioe bypedau. Peidio cofleidio, hynny ydy, ar waethaf yr holl ffys a'r cyffro o weld 'i gilydd.

'Ciao!' taranodd yntau. 'Basta byr, basta hir, basta tew, basta tenau a saws ar 'u pennau!'

Chwarddodd y ddau a daeth hi'n amlwg mai perthynas fusnes o'dd gan Mrs Blanche a Marco ac yntau'n wên o glust i glust 'i bod hi'n mynd i hala arian mawr yno heno. Bron nad o'dd ganddo ryw barchedig ofn tuag ati. Ac ar hynny, syllodd ar Anest a threiddiodd 'i lygaid i'w rhai hi.

'Ciao, bella!' awgrymodd yn dawel. Nodiodd 'i ben i fyny ac i lawr yn gadarnhaol wrth siarad gyda hi a thynnodd 'i lygaid oddi wrthi at y fwydlen. Adroddodd mewn Eidaleg brwdfrydig; bron 'i fod yn gor-ynganu er lles y sioe:

'Primi Piatti,' a dangos un bys (ew, da!).

'Pasta: Farfalle, Spaghetti, Picci, Fusilli, Tagliatelle con pomodoro, pomodoro al funghi, coniglio, arrabiatta, aglio e olio.' Llifodd yr enwau.

'Pomodoro' o'dd 'tomato'; ro'dd Anest wedi dysgu hynny o leia.

'Secondi Piatti,' a dangos dau fys. Ocê, 'dan ni'n deall, meddyliodd Anest.

Cwningen mewn saws gwin coch, cig llo a thiwna (arbenigedd yr ardal), stecen, cyw iâr. Cigoedd a physgod a digon o enwau i droi ym mhen Anest.

'Gwych!' gwaeddodd Mrs Blanche â'i dwylo'n ysgwyd yn yr awyr. Er nad oedd hi'n siarad fawr ddim Eidaleg, ro'dd hi'n deall hen ddigon am y bwyd.

Gwych, meddyliodd Anest, 'deall blydi dim byd.'

Ond dewis fu raid. Yr unig beth gorddodd Anest o'dd mai Mrs Blanche ddewisodd y bwyd. Un cwrs ar ôl y llall, dewisodd bob un peth y byddai Anest yn ei fwyta. Ac er nad o'dd Anest yn deall beth o'dd y bwyd, ro'dd hi'n teimlo braidd fel plentyn bach. Yn or-ddibynnol. A do'dd hi ddim yn hoffi cyfaddef hynny, ond ro'dd Marco wedi llwyddo i'w hudo hi rhyw fymryn gyda'i eiriau a'i lygaid tywyll. O diar, meddyliodd, pa mor pathetig y gall rhywun fod? Cymryd geiriau gwag rhyw weinydd o ddifri! Siawns ei fod yn dweud 'Ciao bella' wrth bawb. Ond do'dd hi ddim yn gallu help. Ro'dd e'n llwyddiannus iawn yn gwneud i bobl deimlo'n dda.

Llifai'r gwin coch yn ddi-stop wedi hyn a

gwefusau'r dwy fel rhosod. Mrs Blanche ddewisodd y gwin, ond do'dd dim ots gan Anest am hynny. Rhyfedd fel mae éticet yn wahanol ynglŷn â gwahanol bethau. Ac fel mae plentyn yn bihafio'n wahanol wedi cael losin yn 'i geg (ac ambell oedolyn hefyd), felly hefyd y newidiodd Mrs Blanche wrth yfed gwin. Trodd hi'n berson uchel iawn 'i chloch, yn fyddarol o uchel. Er, ro'dd hi'n ddigon uchel 'i chloch beth bynnag. Chwifiai'i dwylo ac eglurai bopeth mewn manylder anhygoel. O'dd, ro'dd hi'n gwmni da, yn theatraidd bron iawn. Fel 'tai hi'n cogio bach 'i bod hi'n feddw. Ro'dd y canhwyllau ar bob bwrdd, y staen myglyd o olau oren, yn dechrau sïo Anest i ryw berlewyg pleserus.

'A'r Marco 'na,' pwyntiodd fys cyhuddgar at Buona Casa, 'torrwr calonnau, wyddoch chi, Anest.'

Cododd Anest 'i haeliau gan ofyn am ragor o wybodaeth. Nid 'i bod hi'n synnu 'i fod e'n dorrwr calonnau. Tydyn nhw i gyd yn edrych yn reit debyg o wlad i wlad?

'Fe sydd wedi torri calon Mariella'r lanhawraig. Bechod, ontefe?'

Cytunodd Anest, gan osgoi llygaid Mrs Blanche. Do'dd hi ddim yn deall pam, chwaith. Estynnodd am 'i gwin.

'Llyged trist o'dd 'da fe 'fyd,' mwmiai Anest i'w gwydryn; 'falle 'i fod e'n 'i cholli hithe.'

Syllodd Mrs Blanche arni'n galed fel 'tai'n ceisio dweud 'Dwi'n gwybod yn well. Dwi wedi byw ar y ddaear 'ma'n hirach na chi, ferch'. O'dd, ro'dd Anest yn rhamantydd diedifar, a bai'r ffilmiau o'dd hynny.

'Ma' tristwch yn frith (a phwyslais rhyfedd o gryf ar 'frith') drwy waith Billie Holiday, Anest. O! Y fath nodau!'

Ac ymlaen yr aeth Mrs Blanche i egluro nodau lleddf a chanu blues cynnar nes y gallai Anest daeru fod Bessie Smith yn 'u plith, yn canu 'Downhearted Blues'. Ro'dd hi wedi clywed caneuon Bessie Smith, yn y coleg, gyda hen gariad iddi. Ond fe orffennodd y berthynas yn 'i hanterth ac ni allai Anest wrando ar 'i fath e o fiwsig fyth eto.

Ymhen ychydig dechreuodd y ddwy drafod yn fwy personol. Y gwin yn y gwythiennau.

'Dach chi'n gweld, Anest, roedd y gŵr yn ddyn hynod,' a'r pwyslais ar 'hynod' bron yn annioddefol. Er, wedi dweud hyn, ro'dd Anest yn hollol ymwybodol nad o'dd hi yn y mŵd gorau i ddelio ag unrhyw beth. Roedd hi'n feddw, ychydig yn oriog ac wedi cael gormod o haul.

'So chi'n siarad llawer amdano fe. Ody e'n brifo i siarad?' 'Brifo i siarad'? meddyliodd. *Am* sensitif, Anest. Crap.

'Na, na! Dim o gwbl. Dyn busnes go-iawn o'dd Albert. Dyn a chanddo weledigaeth, Anest. Rhywbeth sy'n brin ymhlith dynion heddiw.'

Gwenodd Anest yn 'i pherlewyg a sylweddolodd am y tro cyntaf yn y noson fod rhwng 'i choesau'n chwys diferu yn y gwres.

'Dyn busnes wedoch chi, ontefe? Ma' dad yn y busnes ffrwythau . . .' ac heb unrhyw ystyriaeth torrodd Mrs Blanche ar 'i thraws.

'Ac, wrth gwrs, ry'ch chi'n sylweddoli mai dyn

busnes pwysig iawn oedd Bertie.' (Fel 'i fod e'n gallu fforddio prynu Casa Toscana a'i adael i'w wraig hoff, meddyliodd Anest yn llawn dirmyg.)

'Ro'dd ganddo gadwyn o siopau gemwaith yng Nghaerdydd ac – O! – y cystadlu a fu rhyngddo ef a . . .'

Aeth yn 'i blaen yn fyddarol ac ambell Eidalwr yn troi i edrych arni. Ro'dd Mrs Blanche bellach yn berchen ar ddau driongl coch, un bob ochr i'w gwefusau.

'A phwy o'dd *wastad* yn ceisio dwyn 'i fusnes e, Anest? Y nigars 'ma. Y bobl ddŵad o bedwar ban.'

Bu bron i Anest boeri'i phasta ar y bwrdd. Yn yr ychydig eiliadau hynny, gwawriodd arni nad o'dd hi'n dal i adnabod y ddynes smart o'dd yn eistedd gyferbyn â hi. Hiliol? Mrs Blanche? Feddyliodd Anest erioed. Cochodd Anest wedi'r datganiad. Bu'r sgwrs yn rhygnu dipyn wedi hyn a sylwodd Mrs Blanche 'i bod wedi gwneud rhywbeth o'i le yng ngolwg 'i disgybl. Buan iawn y daeth y ddwy'n gyfeillion eto. Llifodd y sgwrs yn straeon am orffennol, am gariadon a cholli cariadon. Ac eto, er y sgwrsio ac yng nghanol y miri, ro'dd Anest wedi cael golwg wahanol iawn ar 'i 'mam fabwysiedig'. Yn llythrennol ro'dd golau cannwyll yn taro cysgodion dros wyneb menyw o'dd wedi bod mor hawdd dod i'w hadnabod cyn hynny. Gwyliai Anest 'i ffrind yn rhwygo bara'n achlysurol cyn gafael yn 'i gwydryn gwin a llowcio llond pen o'r hylif. Gwnaeth yr holl beth i Anest feddwl. Cnoi cil, dyna'r oll. Am 'i bod hi wedi darganfod fod gan Mrs Blanche orffennol nad o'dd hi wedi caniatáu iddi 'i gael.

Penderfynu codi wnaeth Anest, cyn y prif gwrs, i fynd i'r tŷ bach. O'dd, ro'dd y gwin wedi cydio'n rhyfedd o gyflym. Ro'dd hi'n teimlo fel 'tai hi'n ôl yn y coleg, yn feddw ar yr adegau rhyfedd 'na pan fo pawb arall yn y dafarn yn sobor. Ac a dweud y gwir, ro'dd e'n lot o hwyl. Sgathrodd i'r tŷ bach o'dd y tu mewn i'r tŷ bwyta. Ro'dd yn rhaid iddi fynd i mewn drwy'r llenni lliwgar ac uffernol ro'dd Marco wedi mynd drwyddyn nhw'n gynt. Ac fel arfer, ro'dd Anest yn y ffordd. O nunlle, dyma weinydd a gweinyddes yn ceisio pasio a'r olwg ar 'u hwynebau'n ddigon i droi llaeth. Ma'n rhaid 'u bod nhw'n gynnes ac yn oriog hefyd, meddyliodd.

'Sori,' meddai'n lletchwith a gwenu'n gam. Trodd 'i phen tua'r gegin o'dd ymhellach i lawr y coridor a daliodd 'i llygaid, fel bachyn pysgodyn, ar Marco Toriniéri. Dyna lle ro'dd e'n sefyll, yn arolygu'r cogyddion. Duw, ro'dd e'n edrych dan bwysau. Ro'dd e'n tynnu'i ddwylo'n achlysurol dros 'i dalcen a thrwy'i wallt. Dyna o'dd dyn golygus, gyda'i groen tywyll yn feddal fel olew yr olewydd a'i aeliau trwchus yn sefyll mas ar 'i ben. Sylwodd hi ddim 'i bod hi wedi bod yn syllu am rai eiliadau. Cyn iddi gael cyfle i newid osgo ro'dd e wedi'i dal hi'n syllu o gornel ei lygad. Trodd a syllu arni'n gyhuddgar. Syllodd y ddau ar 'i gilydd hyd nes i Anest droi a gwgu y tu ôl i ddrysau'r tŷ bach. Mewn ffilm, bydde fe wedi bod yn syllu am 'i fod yn 'i ffansïo hi. Mewn ffilm bydden nhw wedi gwenu ar 'i gilydd, neu wneud *rhywbeth* o leia. Mewn realiti, ro'dd Marco'n ffaelu credu bod y ddynes fach mor goch. Mor uffernol o goch. Ac mor hy hefyd, yn syllu i mewn ar y gegin fel rhyw arolygwr!

'Prat! Prat!' gwaeddodd Anest arni'i hun yn y drych. Do'dd hi ddim hyd yn o'd yn siŵr pam ro'dd hi wedi syllu mor hir ar Marco. O'dd, ro'dd e'n olygus. O'dd, ro'dd e'n rhywiol, ond do'dd ganddi hi ddim diddordeb ynddo fe o gwbl. Ac o! Buasai *cymaint* o ddiddordeb wedi bod gan yr Eidalwr. Ro'dd hi'n cywilyddio. Ro'dd gwin yn gwneud ffŵl ohoni hi drw'r amser. Perfformiad caboledig i'r gynulleidfa oedd y 'ciao bella' ynghynt, felly. Aeth ati i dwtio yn y tŷ bach a mynd yn ôl at 'i bwrdd yn frysiog, â'i phen i lawr.

Ymhen pum munud ro'dd y prif gwrs o'u blaenau â'u tafodau nhw'n llawn poer. Ro'dd wyneb Anest yn gochach fyth erbyn hyn wedi dôs o embaras. Bwytaodd y ddwy yn awchus, ac Anest yn weddol ddiolchgar i Mrs Blanche am ddewis bwyd mor ffein. Ro'dd 'u pennau nhw i lawr yn 'u platiau a'r sgwrs yn weddol herciog.

Nid Mrs Blanche nac Anest o'dd y cyntaf i weld y dieithryn, felly. Nid Marco chwaith. Gwaetha'r modd. Ro'dd y ddwy o Gymru'n prysur dorri'u cig yn fil o ddarnau mân cyn 'u sodro nhw yn 'u cegau pan gerddodd y gŵr hanner-noeth rhwng y byrddau. Ac eto, nid dieithryn o'dd e. Yn 'i ardd gefn 'i hunan. Ro'dd e'n crwydro fel 'tai ar goll, yn blentyn bach a dim ond 'i grys amdano. Chwifiai 'i ddarnau yn yr awel wrth iddo gerdded. A holl olau cannwyll y sgwâr rhamantus yn taflu naws swreal dros bob man. Yn gynta, dyma bob gwraig yn y lle yn meddwl mai gwallgofddyn o'dd e. Pawb yn gegrwth, yn araf ollwng 'u cyllyll a'u ffyrc ar y platiau â chlinc-clonc. Ambell un yn gwneud synau mewn braw. Ro'dd ambell gwsmer wedi'i nabod e'n syth, cofiwch. Cododd Anest a Mrs Blanche 'u pennau'n feddw a gweld y cawdel. Wrth gwrs, ro'dd Mrs Blanche wedi'i nabod e'n syth bìn hefyd.

'Signor Toriniéri yw e, mami,' gwaeddodd un plentyn, a mamau'n estyn at y tadau am air o ddoethineb. Un fam yn rhoi'i dwylo dros lygaid 'i merch fach a hithau'n gwrthwynebu fel cnonyn.

Syllai Signor Toriniéri ar yr adeilad a'r lleuad yn taflu'i golau ar 'i wallt gwyn. Ro'dd e'n chwilio ymhlith y gwyddfid am rwbeth. Am atebion, hwyrach. A chyn pen dim ro'dd gweinydd ifanc wedi ochr-gamu fel cranc ar hyd y wal i'r gegin. I weud wrth y bòs.

Mor ddi-ffys ag o'dd bosib, dyma Marco'n troedio tuag at 'i dad. Ei dad yn 'i noethni. Tynnodd pawb 'u llygaid oddi arnyn nhw ond parhaodd Anest i syllu o gornel 'i llygaid hi. Do'dd hi'n methu â help. Gwelodd hi ddwylo Marco Toriniéri yn cwpanu ysgwyddau'i dad yn betrus gan 'i arwain e at y tŷ. Diflannodd y ddau ddyn rownd y gornel. Syllodd Mrs Blanche dros y bwrdd, wedi rhoi'r gorau i'r gwin am eiliad.

'Haleliwia,' dywedodd. Mrs Blanche, hyd yn o'd, yn methu â rhoi'r hyn ro'dd hi'n 'i feddwl mewn geiriau.

Ro'dd Anest wedi'i hypsetio'n lân. Do'dd hi ddim am rannu hyn â neb, ond ro'dd hi'n siŵr mai dyna'r peth tristaf ro'dd hi wedi'i weld erioed. Ddaeth Marco ddim allan eto'r noson honno. Ac wrth reswm ro'dd pawb yn awyddus iawn i'w heglu hi oddi yno wedi bwyta'u prydau bwyd. Rhai am adael cyn bennu hyd 'n oed. Wedi i Mrs Blanche dalu am y bwyd, llowciodd y ddwy 'u gwin a chodi i fynd. Wrth iddyn nhw droi rownd y gornel, trodd Anest unwaith eto i gael cip ar y tŷ bwyta hyfryd. Ymdrechodd Mrs Blanche i ysgafnhau tipyn ar y naws:

'Wel, dyna 'ny. Bechod drostyn nhw. Mae'n siŵr fod beth bynnag sy arno fe yn rhedeg yn y teulu. Dydy Marco ddim yn edrych mor olygus yn sydyn reit, nagyw?!'

Chwarddodd Mrs Blanche yn uchel. Cydiodd Anest ym mraich ei ffrind a'i gwasgu.

'Ewch chi 'nôl mewn tacsi i Casa Toscana. Fe ddilyna i chi yn hwyrach 'mla'n.'

Efallai mai chwilen yn 'i phen chwil o'dd y syniad, ond ro'dd Anest yn benderfynol o gael ychydig o amser i grwydro'r strydoedd ar 'i phen 'i hun cyn dychwelyd i Casa Toscana.

Rhoddwyd Mrs Blanche mewn tacsi yn frysiog. Ro'dd hi, wrth gwrs, yn anhapus iawn â'r sefyllfa, yn teimlo 'i bod hi wedi colli rheolaeth ar rywbeth neu'i gilydd. Ddwedodd hi ddim byd wrth Anest, ond ro'dd hi wedi digio. A digio go-iawn. Gwenodd Anest ar Mrs Blanche drwy'r ffenest a cheisiodd hithau wenu'n ôl, ond ro'dd hi'n grac fod 'i disgybl fel 'tai hi'n magu 'i meddwl 'i hun. Ei bod hi am wneud penderfyniadau. Wrth wylio'r tacsi'n gyrru i ffwrdd yn y llwch teimlodd Anest ryw ryddhad rhyfedd. Erbyn hyn, ro'dd hi wedi dechrau mwynhau 'i chwmni hi'i hun. Bu'n chwilio am ychydig am siop i gael prynu potel o ddŵr, ond do'dd nunlle'n agored. Do'dd nunlle ar agor heblaw rhyw far yn llawn o hen ddynion, a do'dd hi ddim am fynd i fan'na.

Daeth chwa o awel o rywle gan ystwytho ychydig ar y noson. Penderfynodd Anest eistedd ar gornel y sgwâr. A chael munud i feddwl. Pasiodd heddwas fel llwynog â'i drwyn yn arogli'r aer. Ei glustiau'n cosi. Piccolomini o'dd y plismon, ond wyddai Anest ddim o'i hanes. Ar 'i phen 'i hun unwaith yn rhagor, meddyliodd. Mor braf. Anadlodd yn ddwfn, ac wrth i'w hysgyfaint ehangu dwyshaodd poen y llosg drosti. Esgus perffaith, meddyliodd, am smôc. Canabis am resymau meddygol. Ha! Gallai daeru hyn mewn llys. Rowliodd 'i phapur sigarét yn glinigol gan roi digonedd o'r planhigyn gwyrdd i orwedd yn y pant papur. Rowliodd drachefn a gwasgu darn o gerdyn crwn yn ddwfn i'r tybaco a'r moddion. Dyma hi'n cynnau tân gan syllu ar 'i bysedd am ennyd. Bysedd 'i nain o'dd ganddi. Mor rhyfedd fel 'da chi'n mynd â darnau o bobl eraill gyda chi drwy'r byd, meddyliodd. Ach! Yn malu cachu hyd yn o'd cyn ca'l sbliff! Do'dd pethe ddim yn argoeli'n dda. Smygodd hi'n araf a tharodd y cyffur yn ddwfn ynddi fel bwled. Beryg mai gwin a blinder o'dd i gyfri am yr effaith gref. Ymhen dwy funud o smygu trodd 'i byd hi wyneb i waered. Ro'dd hi'n mwynhau'r anghofio, ac yn mwynhau cael canolbwyntio ar ddarnau bach o gerrig o'dd yn gorwedd ar lawr. Fyddai hi byth wedi rhoi sylw teilwng iddyn nhw oni bai iddi fod wedi smygu. Ac roedden nhw'n brydferth. Ro'dd hi'n benderfynol na fyddai hi'n smygu dim pan âi adref i Gymru, fodd bynnag. Hen stwff rhyfedd o'dd e. Ond ro'dd hi ar 'i gwyliau yr wythnos hon. Câi wneud fel y mynnai.

Amser yn unig a ŵyr ai ffawd o'dd y ffaith i'r awel Eidalaidd ddenu Marco Toriniéri i'r gornel dywyll ar y sgwâr hefyd. Ro'dd 'i gorff e mor flinedig. Wrth sefyll ar y sgwâr syllodd ar yr holl lenni lês o'dd wedi'u cau ar y nos, wedi'u cau ar 'i ddioddefaint e 'fyd. Ac yna, fel 'tai'r awel Eidalaidd yn chwarae gêmau, daeth arogl canabis i'w ffroenau. Arogl cysur. Syllodd yn chwilfrydig i gyfeiriad yr arogl. Agosaodd tuag at y cysgodion a gweld y gochen yn eistedd yn ddigalon. Sylwodd hi arno a neidiodd yn ôl gan ollwng y mwgyn yn y llwch. Nid fe eto, meddyliodd. Ro'dd hi wedi gneud ffŵl ohoni'i hun unwaith yn barod. A nawr ro'dd y boi mwya golygus a welsai ers sbel yn mynd i roi llond pen iddi am smygu cyffuriau yn 'i bentre fe. Grêt. Rhuthrodd Marco at y sigarét a'i chodi oddi ar y llawr, a'i rhoi yn ôl i Anest. Digwyddodd hyn i gyd mewn tawelwch llethol am fod dim angen dweud gair beth bynnag.

Gwenodd Anest yn chwithig a gwenodd yntau arni â'i lygaid tywyll, trist. Lwcus, meddyliodd Anest, nad oedden nhw'n siarad yr un iaith neu byddai'n rhaid cydymdeimlo neu ddeall hyd yn oed.

Fel hyn, ro'dd hi'n haws. Yn haws gallu cogio-bach 'u bod nhw'n deall 'i gilydd, a chogio-bach 'u bod nhw mewn ffilm. Eisteddodd Marco yn drwsgwl wrth 'i hymyl gan chwalu llwch dros bob man. Do'dd hi *ddim* wedi disgwyl hyn.

Do'dd Anest ddim yn gwbod beth i neud nesa. Dyma hi'n cynnig y mwgyn iddo a derbyniodd yntau'n fodlon. Iawn, grêt, meddyliodd Anest. Smygodd y ddau gan eistedd yn ymyl 'i gilydd mewn hedd. Wedi'r cyfan, fyddai'r naill na'r llall ddim callach ar ôl mwydro'i gilydd am 'u tristwch a'u darganfyddiadau hunanol, heb sôn am y ffaith nad oedden nhw'n siarad yr un iaith! Ro'dd y sioe feim hon ganwaith gwell na thrafodaeth herciog ac arwynebol. Hudwyd hwy gan ganabis nes eu bod ill dau'n teimlo'n fodlon. A do, fe ddeallodd y ddau 'i gilydd i'r dim, rywffor'. Cymaint ag o'dd angen deall. Dweud dim, dyna o'dd orau weithiau. Syllodd y ddau ar 'i gilydd a phlygodd Anest 'i phen mewn blinder.

Ac weithiau mae'r awel Eidalaidd yn chwarae gêmau â phentrefwyr. O gysgod y gornel gwelai'r ddau smygwr ddynes yn cerdded drwy wres a llwch y sgwâr tuag atyn nhw. Yn araf, araf.

'Mariella!' ochneidiodd Marco gan symud yn frysiog. Diolchodd am 'i fwgyn wrth godi, a sleifiodd Anest oddi yno. Do'dd dim angen cynulleidfa a do'dd hi ddim am fod yn rhan o'r olygfa. Wrth gwrs, yn 'i phen hi roedden nhw'n mynd i adfer y berthynas a charu'n wyllt hyd yr oriau mân. Ro'dd hyn wedi'i bodloni hi ac fe a'th hi yn ôl i Casa Toscana mewn tacsi yn wên o glust i glust.

Syllodd y ddau gariad ar 'i gilydd a'r lleuad yn olau. Cadwai'r ddau gyfrinachau duon yn 'u boliau, oddi wrth 'i gilydd ac oddi wrth y byd. Ond fel y gŵyr yr awel Eidalaidd, buan iawn y deuai cyfrinachau i wyneb y dŵr. Llygadodd Mariella wyneb Marco a sylwi 'i fod e'n edrych yn flinedig.

A Piccolomini? Yn y cysgodion, 'i lygaid ar agor led y pen ac yn glustiau i gyd.

9

Ymlusgai mwg y sigarét rhyngddyn nhw. Mariella, a'i gwallt wedi'i blethu'n ôl yn dynn fel mwng ceffyl, a Marco a'i wallt gwyllt yn chwys i gyd. A'r aer, mor sych o'dd yr aer y noson honno, fel pe bai'n gadael pob celwydd a phob emosiwn yn noeth heb unman i guddio. Yng nghanol y llwch. Ro'dd yna fymryn o awel, ond awel ryfedd o'dd yn penderfynu mynd a dod fel y mynnai. Ro'dd y gwres yn effeithio arnyn nhw, fel pe bai llwch coch llawr y sgwâr yn cosi ar groen y ddau. A'r peth rhyfedd o'dd fod Mariella'n gwybod. Yn gwybod rhywffordd, a hithau'n sefyll yno'n methu anadlu bron iawn, na fyddai unrhyw ddaioni yn dod o'r sgwrs heno. Ro'dd Marco wedi'i thaflu hi o'r ffor', o'r neilltu. Ac wedi gwneud ffŵl ohoni wrth wneud hefyd. Waeth beth ddywedai neb. Syllodd Mariella arno, nid i fyw 'i lygaid ac nid ychwaith ar 'i wyneb, ond ar un botwm gwyn o'dd yn bygwth cwmpo oddi ar 'i grys. Pe deuai awel o rywle, meddyliodd hi, byddai'r edau'n siŵr o dorri a'r botwm yn rhydd i gwmpo i'r llwch. Mor fregus frau o'dd y botwm bach, a hithau'n syllu mor galed arno fel petai hi'n dymuno'i weld yn sathr ar lawr. Rhyw ysfa i ga'l gwared ar yr holl densiwn, efallai. Do'dd hi ddim yn gwybod pam, ond ro'dd gwylio'r botwm bach yn gysur.

Cronnodd rhyw asidau annymunol yn 'i bol hi, nid am 'i bod hi wedi'i hamddifadu o fwyd ac nid chwaith am 'i bod hi'n cael rhyw deimlad pilipala fod pethau am newid pan fyddai'r awel yn dechre chwarae mig. Poen yn y bol 'yn y pen' o'dd ganddi eto am 'i bod hi'n gwybod ym mêr 'i hesgyrn nad pennod mewn nofel o'dd yr olygfa druenus hon. Do'dd Marco ddim yn mynd i ddweud gair a fyddai'n newid unrhyw beth. Ro'dd hi'n gwbod hynny'n iawn. Ro'dd hi'n 'i nabod e'n rhy dda. Ro'dd pethau 'di newid, a pheidied e â chogio-bach y byddai pethau'n ailafael. Do'dden nhw ddim am wneud. Dyna lle gorweddai'r ing i Mariella. Ro'dd amser 'di caniatáu iddi feddwl yn fwy goddrychol. Hyd yn o'd pe bai'r ddau yn cael cyfle i fynd yn ôl at 'i gilydd, byddai hynny'n amhosib. Am bod y lliain gwyn 'di melynu. Ro'dd yna rywbeth gwaelodol ynddi wedi derbyn pob peth. Do'dd hi ddim yn grac wrth amser, chwaith. Rywffordd, ro'dd hi wedi colli'r gallu i deimlo. Ro'dd amser wedi dwyn pob dim oddi arni. Tic toc, ro'dd pob dim ar ben, ond doedd hi ddim yn becso.

Syllai Marco yntau ar y llawr llychlyd ac ar draed Mariella. Carai 'i thraed hi; ro'dd e wastad 'di bod yn hoff o edrych arnyn nhw. Fel traed dol, yn ddel ac yn dwt, ond pa hawl oedd ganddo? Ro'dd e'n gwybod erbyn hyn nad o'dd hawl ganddo i syllu arni, nad o'dd hawl ganddo i'w hawlio hi mwyach. Er nad o'dd hawl ganddo i'w hawlio hi ynghynt, fe wnâi yn 'i ben. Gwingodd yn y gwres a chosi'i drwyn yn ddiramant. Ro'dd fel petai rhyw len rhyngddynt ill dau a neb yn siarad. Ysu ro'dd Marco am gael dweud y pethe iawn, am gael adfer y niwed o'dd wedi'i greu, ac am gael cydio ym mys bach

Mariella. Codai gwallt Marco wrth iddo feddwl am bethe fel ag yr o'dden nhw. Yn fachgen, fydde fe byth 'di dychmygu y bydde fe'n dewis 'i swydd dros gariad, ond dyna ro'dd e wedi'i wneud. Am fod yn rhaid byw. A heddiw, fel yr o'dd pethau, a'r felan ar ei dad, ro'dd y dewis yn ymddangos hyd yn o'd yn fwy amlwg. Roedd achau'r Toriniéri yn gorwedd o'i flaen ar blât, a'i dad wedi'i wneud e'n gwbl glir na châi Mariella fod yn gyfrifol am fagu'r llinach honno. Beth yn ei chylch o'dd mor annioddefol? Pam o'dd hi'n gymaint o erchylltod gan ei dad i weld 'i fab yn hapus? Ro'dd chwip amser wrthi'n torri cwt ar wyneb Marco er mwyn dangos nad o'dd dim yn Buon Torrentóri yn newid o un oes i'r llall. Do'dd mab y busnes mwyaf llewyrchus yn y dref fach chwyslyd, ffyslyd hon ddim yn ca'l priodi merch heb linach barchus. Syllai waliau'r dref ar y ddau yn 'u tawelwch. Gwingai arwydd 'café' ar y gornel am fod yr awel, yn y mudferwi, wedi penderfynu dod i wrando hefyd.

'Wyt ti am weud rhywbeth, felly?' holodd Mariella, a'i gwallt fel petai'n tynhau yn 'i blethen drwchus.

'Wy ddim yn siŵr beth sydd i'w weud.' Syllai Marco'n wag tua'r llawr cyn codi'i ben a syllu ar wyneb Mariella. Do'dd dim dagrau yn 'i llygaid hi, dim diferyn. Roedd Marco wedi synnu.

'Allet ti o leia neud ymdrech, Marco. Peido ail-adrodd dy hun.' Crychai llygaid Mariella fel llygaid sarff, a'i thafod yn gorwedd yn 'i phen yn barod i ddweud y drefn.

'Do's dim angen bod fel 'na, Mariella.'

'Paid â gweud fy enw i.'

'Beth?'

'Paid.'

'Sai'n deall, pam bod mor . . .'

'Mor beth, Marco? Mor beth?'

'Paid â gweud fy enw *i*.' Syllodd Marco yn ddwfn i groendyllau Mariella. 'Mariella, mae'n anodd arna i 'fyd. Dydy Tada ddim yn dda ac mae'n rhaid i fi gario 'mla'n a symud 'mla'n. So ti'n deall 'ny?'

'Tada, ddim yn dda?' holodd Mariella â rhyw ffug-ddiddordeb chwerw cyn cymryd cam yn ôl tua chanol y sgwâr. Roedd 'u lleisiau nhw'n atsain rhwng y walie. Pob sibrydiad fel 'tai'n cael 'i gasglu gan y llwch a'i atsain ganwaith, filwaith, drosodd a throsodd.

'Na, dyw e ddim yn dda o gwbl ac mae'n rhaid i fi barchu 'i ddymuniad e.'

'Parchu?' Doedd dim 'di cydio. 'Parchu dymuniad dy dad am beth? Am ein perthynas ni ti'n feddwl? O! reit, wy'n gweld.' Ro'dd 'i geirio hi'n hyll. Yn glystyrau diddiwedd, yn llawn poer gwyn a phanics.

'Dwi'n gweld nawr, fel tasen i 'di bod yn ddall!'

'Beth? Mariella, am beth wyt ti'n sôn?'

'Paid â gweud fy enw i, Marco!'

'Paid â gweud fy enw *i*!'

'A dyna ni, yn dod at y gwir – mod i ddim yn ddigon da i Marco Toriniéri. Wy'n gweld – fel tasen i wedi dy faeddu di, wedi dy dynnu di drw'r mwd.'

'Paid â gweud y fath beth, nage 'na beth wy'n 'i feddwl . . .'

'Yn rhy gomon, ie Marco? Yn rhy normal ac yn rhy gomon – yn rhy gomon fel baw isa'r domen – i dendio arnot ti.'

'Na, Mariella, nid dyna beth wy'n weud! Gronda nei di?'

Ro'dd Mariella'n edrych yn gwmws fel brenhines yng ngolau'r lleuad las, ac er ei bod yn gweiddi ro'dd hi 'di llwyddo i arddel 'i golwg osgeiddig a Marco'n pledio arni. Syllodd Mariella am y botwm gwyn gloyw ar grys 'i chyn-gariad a sylweddoli ei fod ar goll. Wedi cwympo, yn betrus ddigon, i'r llwch; wedi'i orchuddio'n gyfan gwbl gan lwch coch sych.

'Does dim byd mwy i weud felly, o's e?'

Da'th ergyd y frawddeg honno fel bwyell drwy wegil Marco. Ro'dd Marco am egluro, am rannu pob ymchwydd o'i brofiad 'da hi, 'da Mariella. Yn dyheu am gael mwydro ynghylch y modd ro'dd yn rhaid iddo barchu dymuniadau'i deulu, yn dyheu am ga'l dweud wrth Mariella yn blwmp ac yn blaen 'i fod e'n dal i fod dros 'i ben a'i glustie ond ro'dd e'n gwybod na fydde hynny'n 'i helpu hi yr un iot. Yn fwy na dim, ro'dd Marco'n dyheu am ga'l ishte o flaen y teli a Mariella'n rhedeg 'i llaw dros 'i war ar ôl diwrnod caled yn Buona Casa.

'Na, does dim byd mwy i weud.' Da'th 'i eiriau fel bwyell drwy 'i gwegil hithau hefyd. Camodd Mariella yn ôl unwaith yn rhagor, ac atgof o ryw ddawns ballet o'i phlentyndod yn dod i'w chof. Ro'dd hi bron iawn yn teimlo 'i bod hi'n actio, yn perfformio rhyw ddrama.

Safodd Marco yno fel delw Rufeinig, a mwg y

sigarét llawn dail gwyrdd yn dal i fwydo yn 'i ben. Do'dd dim byd ar ôl *i'w* ddweud, dim byd fyddai'n newid y sefyllfa beth bynnag. Llifai chwys 'i dalcen e i lawr dros 'i lygaid, a llosgai'r hylif ei groen. Diwedd y gân o'dd y geiniog heno, a Marco'n sych grimp o bob teimlad.

Llusgodd Mariella'i thraed yn ddiog wrth gerdded o'r sgwâr, fel merch bwdlyd ddeng mlwydd oed. Codai'r llwch yn gymylau cochlyd ar 'i hôl hi gan godi'n uwch ac yn uwch nes 'i gorchuddio hi a'i chysgod.

'Mhen dim, ro'dd y cyfan yn atgof ffwndrus yn y gwres. Pwy o'dd yn chwarae triciau? Pwy o'dd yn llenwi'r aer â'r gwres annioddefol hwn ganol nos? Gwichiadau anghyson sioncyn y gwair oedd i'w clywed erbyn hyn, a dim ar wahân i hynny. Ro'dd pennod flêr, annigonol arall wedi dod i ben yn frysiog, a'r llyfr yn gorwedd yn hyll yn y llwch.

Ro'dd Marco ar fin troi am adre pan sylwodd fod Mariella'n dod yn ei hôl. Safodd yno ar y sgwâr gan ei gwylio hi'n cerdded yn ôl tuag ato, yn araf bach. Wrth iddi ddod yn agosach sylwodd Marco 'i bod hi'n wyn fel y galchen. Ro'dd e am 'i chysuro hi, am redeg ati, ond ro'dd rhywbeth yn 'i atal rhag gwneud. Cerddodd hi'n agosach fyth ato a rhoi cusan oer ar 'i foch. Ro'dd Marco'n dal i sefyll yn stond a'r gusan wedi'i hudo. Wrth iddo ddod ato'i hun, symudodd Mariella'n ôl. Sylwodd Marco 'i bod hi'n bihafio'n rhyfedd. Yn troi'i phen i'r ochr. Yn gwenu ychydig a'i boche hi'n chwyddo. Heb ffys na ffwdan agorodd 'i cheg led y pen a llifodd canno'dd ar ganno'dd o bilipalod euraidd i'r awyr gynnes. Hedfanai'r pilipalod yn un stribed hir i'r awyr gan ddal golau'r lleuad ar 'u hadenydd. Dilynodd Marco'r olygfa ryfedd gyda'i lygaid gan godi'i ben fymryn a gweld y creaduriaid yn diflannu dros doeau'r tai. Ro'dden nhw'n gwichian yn dawel hefyd. Pan ostyngodd Marco'i ben, ro'dd Mariella 'di mynd. Ro'dd e'n gwbod 'i bod hi 'di mynd am byth hefyd.

10

Rhyw brynhawn bach rhyfedd o'dd y pnawn hwnnw. Ro'dd yr awel yn ludiog, bron iawn, fel tase glud o fonion coed yn gymysg â'r aer. Wedi dweud hynny, ro'dd y tywydd ganwaith yn fwy dymunol nag y byddai yng Nghaerdydd, ac ar waetha'r gwres ro'dd y ddwy yn yr haul. Un yn y pwll a'r llall yn llymeitian gwydraid o ddŵr wrth ochr y pwll. Y diwrnod ar ôl y noson ryfedd.

Peidiwch â chamddeall, ro'dd Anest yn ddigon hapus, ond bod bywyd wedi arafu'n gyflym. Do'dd 'i phen hi'n dal ddim wedi cyfarwyddo'n llwyr wrth ffarwelio â hwrli-bwrli brwnt y ddinas. Y peth pwysicaf o'dd 'i bod hi'n ymwybodol iawn o'r ffaith 'u bod nhw ar 'u pennau'u hunain drwy'r dydd. Nid fod hynny'n 'i phoeni wrth gwrs. Ychydig yn ddiflas weithiau, efallai. Yn enwedig heddiw, a Mrs Blanche yn darllen yn ddedwydd wrth y pwll, yn llymeitian 'i dŵr yn ddefodol.

Yr hyn a drawodd Anest y prynhawn hwnnw o'dd lleoliad y pwll. Fel petai wedi'i sodro â'i hanner yn y goedwig y tu ôl i'r tŷ, a'r hanner arall yn edrych dros fryniau'r ardal. Ar yr ochr honno y bu hi dros y dyddiau diwethaf a'i hysgwyddau uwchben y dŵr, yn meddwi ar yr haul. Ond pam yr hel meddyliau eto heddiw? Ac er mai prin roedden nhw wedi bod yno, roedden nhw wedi dechrau gwneud rhyw ddefodau yn barod. Mae dyn yn parhau i greu rhyw arferion dyddiol hyd yn oed pan fydd ar 'i wyliau. Fel pe bai un yn dyheu am drefn. Wedi dod i arfer â'r drefn honno o'dd hi, mae'n debyg, ac o'r herwydd wedi sylwi ar ddau beth yn benodol. Yn gyntaf, nad o'dd hi i fod i sblashio'n ormodol a gwneud sŵn am fod Mrs Blanche yn oedi bob tro ac yn stopio darllen os gwnâi Anest hynny. Byddai hi'n stopio'n stond ac yn syllu'n ddiamynedd i gyfeiriad Anest. Nofio'n dawel fel 'sgodyn o'dd y gyfrinach, felly. Yn ail, ro'dd hi wedi sylwi'n gynyddol fod brigau sychion y coed, pridd a chreaduriaid y llawr wedi dechrau cael 'u sgubo i'r dŵr gydag awel gryfach y nos. Do'dd dim ots ganddi. Wedi'r cyfan, ro'dd hi'n lwcus iawn 'i bod hi mewn pwll nofio o gwbl. Ond ro'dd y peth wedi dechrau mynd ar 'i nerfau hi hefyd. Nofio am ddwy eiliad cyn cael rhyw wyfyn neu frigyn yn sownd yn 'i gwallt, neu yn waeth byth, yn 'i cheg. Lle ro'dd y ddynes glanhau pr'un bynnag? Hi, do's bosib, o'dd i fod yn gyfrifol am dynnu'r geriach o'r clorin? Mentrodd holi Mrs Blanche o'dd â'i thrwyn bron iawn â chyffwrdd tudalen rhyw hen lyfr diflas am y rhyfel cartref yn yr Amerig.

'Sori i styrbio . . .'

'. . . ond ry'ch chi dal am wneud.'

Sylwodd Anest ar natur ryfedd Mrs Blanche wrth iddi syllu arni dros 'i llyfr. Am ymateb creulon o goeglyd! Roedd bron fel petai hi'n disgwyl cwestiwn gan Anest. Efallai iddi fod braidd yn hy, yn 'i thynnu hi o'i llyfr a phob dim. Ac eto, teimlai Anest braidd yn ddig wrthi. Y peth lleiaf y gallai hi 'i wneud fyddai ateb cwestiwn digon syml a hithau wedi bod ar gefn 'i cheffyl yn y bwyty neithiwr.

'O sori. Iawn. Peidiwch poeni. Do'dd e ddim yn bwysig.'

Anadlodd Mrs Blanche drachefn gan syllu'n bigog ar 'i ffrind. Ro'dd 'i llygaid hi'n fain ac yn gochlyd, fel pe bai hi newydd ddeffro o drwmgwsg.

'Anest fach. Pryd wnewch chi ddysgu? Man a man i chi ddweud, nawr 'ych bod chi wedi mynnu fy sylw i.'

Do'dd Anest ddim yn deall o gwbl. Byddai Mrs Blanche fel arfer mor amyneddgar ac mor annwyl. Iawn, efallai 'i bod hi'n troi ar ôl cael gwydraid o win, ond ro'dd hynny'n digwydd i bawb bron iawn. Sobrodd Mrs Blanche yn sydyn ac ymddangos yn llawer tynerach:

'Mil o ymddiheuriadau, Anest fach. Ro'n i wedi ymgolli'n llwyr yn y llyfr mae gen i ofn. Beth sy'n bod?'

Erbyn hyn, ro'dd holl ddiben y sgwrs yn ymddangos mor ddibwys. Do'dd dim amynedd na nerth gan Anest i ofyn cwestiwn mor dwp. Yn enwedig rhag ofn iddi gael 'i gweld fel person anniolchgar, am 'i bod hi ym mhwll nofio 'i 'hostess'.

'Dim byd. Dim byd o gwbl. Fi o'dd yn hel meddylie, ishe gofyn cwestiwn ac a dweud y gwir, wy'n gwbod beth yw'r ateb nawr!'

Chwarddodd Anest yn ffug. Fuodd hi erioed yn fawr o actores, er yr hoffai hi fod yn un wych. Syllodd Mrs Blanche am eiliad, mewn penbleth llwyr, cyn codi'i llyfr a chuddio'i hwyneb unwaith yn rhagor. Fedrai Anest ddim dioddef tensiwn. A dweud y gwir, ro'dd hi'n un o'r bobl hynny fyddai'n dewis cymryd y bai rhag cael dadl danllyd gydag unrhyw un. Teimlai'n rhyfedd wrth nofio'n ôl ac ymlaen. Yn annymunol yng nghwmni'i ffrind. Heb os nac oni bai, ro'dd hi wedi pechu. Yn waeth na hynny, ro'dd hi wedi pechu Mrs Blanche, un o'r bobl mwyaf diddorol yn 'i bywyd, ac yn waeth fyth ro'dd ganddi ormod o amser i feddwl am y peth ar ôl gwneud. Er, doedd Mrs Blanche ddim cweit mor ddiddorol ag yr oedd Anest wedi meddwl ar ddechrau'r gwyliau. Ar ddechrau'r ffling ac ar ddechrau pob dim. Gadael pethau fel oedden nhw, dyna ddylai hi fod wedi gwneud. Gwyddai hynny bellach. Peidio hawlio sylw rhywun am beth bach rhechaidd felly. Meindio'i busnes 'i hun a pheidio styrbio'r ddynes. Wedi'r cyfan, ro'dd *hi* wedi dod ar 'i gwyliau i gael hoe hefyd. Mewn dim, ro'dd hi wedi meddwl am ffordd i adfer y sefyllfa. Ro'dd y syniad yn syml. Datgan 'i bod hi am gael cwmni Mrs Blanche yn y pwll. Wedi meddwl hefyd, do'dd Mrs Blanche heb fod yn y pwll eto. Byddai'n beth braf 'i chael hi yn y dŵr. Dwy ffrind mewn dŵr a chyfle i gloncan. Cael gwers jazz a chael sblashio ychydig. Mentrodd.

'Wi *yn* flin am gynne! Licech chi ddod i'r pwll i gal cŵlo lawr?'

Symudodd Mrs Blanche yn ei chadair blastig. Beth o'dd haru'r ferch 'ma, yn ymyrryd byth a hefyd? Er, ro'dd Mrs Blanche hefyd wedi dysgu'i gwers hithau:

'Diolch am y cynnig, Anest fach, ond dwi'n ddigon cyfforddus. Glywch chi'r awel sy yn y coed? Dydy hi ddim mor gynnes ag yr oedd hi. Dwi'n ddigon hapus, diolch i chi.'

Diolch byth am hynny, meddyliodd Anest. Roedd

hwyliau llawer iawn gwell arni. A fyddai modd 'i pherswadio hi, felly? Ro'dd Anest o'r farn fod 'i ffrind yn edrych yn fochgoch a'i bod yn siarad yn eithaf araf a chysglyd. Gwnâi deng munud yn y pwll fyd o les iddi, meddyliodd. Ychydig o berswâd amdani, felly:

'O dewch 'mla'n, Mrs Blanche! Dewch am ddip bach. I ga'l gwared ar 'ch boche coch chi!'

Beth ddwedodd hi o'i le? Mewn dim, ro'dd Blanche ar 'i thraed, ac Anest wedi drysu'n llwyr. Taranodd tua'r tŷ a'i thymer yn amlwg ar 'i hwyneb. Agorodd Anest 'i llygaid mewn anghrediniaeth a rhuthrodd awel y coed yn anghynnes am 'i gwar. Beth aflwydd o'dd wedi'i gwylltio hi gymaint? Mewn anadliad, ro'dd Mrs Blanche wedi diflannu. I ffwrdd â hi. Symudodd Anest ddim am ychydig. Wyddai hi ddim beth i'w wneud. Dechreuodd 'i gwefus isaf grynu, llanwodd 'i llygaid a bu bron iddi grio yn y pwll. Do'dd hi ddim wedi teimlo mor ych â fi er pan ddanfonodd y nodiadau anghywir at y wasg ynghylch rhyw waith yn Fflicio. Y teimlad uffernol o fod wedi gwneud rhywbeth o'i le. Syllodd y coed arni, a'u brigau brau yn sïo'n ôl ac ymlaen yn yr awel. Syllai pob dim arni hi, yn un darn o gnawd â gwallt coch o'dd yn arnofio mewn dŵr glas, gloyw. O ben y coed uchel, edrychai fel smotyn o ddim-bydrwydd yn y pwll.

Daeth syched ofnadwy drosti. Fel 'tai heb yfed ers blynyddoedd. Efallai mai'r ffaith 'i bod hi mewn môr o ddŵr na fedrai hi ei yfed o'dd e. Wyddai hi ddim yn iawn, ond ro'dd yn deimlad reit braf cael meddwl am rywbeth ar wahân i'w dryswch. Nofiodd am ychydig a'r dŵr yn teimlo'n oerach rhywsut. Cododd blew 'i breichiau'n fil o binnau bach a rhedodd rhyw ias i fyny 'i chefn hyd 'i gwar. Wrth iddi gyrraedd yr ochr arall, neidiodd â'i holl nerth i fyny at ymyl y pwll ac estyn yn frysiog am y gwydryn dŵr ro'dd Mrs Blanche wedi'i adael o dan 'i sedd.

Do'dd dim byd tebyg i batrymau cysgod, ym marn Anest. Hoffai weld yr haul yn tywallt drwy'r llafnau yn y sedd blastig a thros y sgwariau carreg coch. Ro'dd pob dim yn rhyw gris-croes rhyfedd o'i blaen a'r gwydryn yn gorwedd yn 'i ganol. Daliodd ef a llowcio'r gwlybaniaeth. Mwynhaodd y teimlad i ddechrau, ond wrth iddi gyfarwyddo â blas yr hylif poerodd gegaid i'r pwll. Pesychodd am eiliad, gosod y gwydryn yn ôl yn 'i le ac eistedd wrth ymyl y pwll gan syllu i'r dŵr gan daro'i garddwrn ar ochr y wal ar ddamwain. Vodka. Dyna o'dd yr hylif yn y gwydryn. Do'dd dim ots gan Anest o gwbl fod pobl yn hoffi ca'l gwydryn ar 'u gwyliau, ond ro'dd Mrs Blanche wedi bod yn llowcio'r stwff ers hanner awr wedi deg, ac Anest dan yr argraff mai syched oedd arni. Toedd ryfedd 'i bod hi'n oriog! Ac yn fochgoch! Gwylltiodd Anest a chochodd 'i bochau. Beth ar y ddaear o'dd yn gwneud iddi fod eisiau meddwi drwy'r dydd fel hyn? Gwawriodd arni eto nad oedd yn llwyr adnabod 'i ffrind.

Wrth iddi synfyfyrio ar ochr y pwll, clywodd gerddoriaeth yn llifo o'r balconi uwchben. Neidiodd yn ôl i'r dŵr yn frysiog wrth glywed y gerddoriaeth a sŵn traed Blanche yn pitran-patran yn ôl i'r ardd.

Ymhen dim, ro'dd hi'n ôl yn y golwg. Oedodd uwchben y pwll gan syllu i lawr ar Anest:

'Meddwl oeddwn i y basai Duke Ellington yn medru rhoi rhyw ychydig o swing yn eich steil nofio chi, Anest!'

Gwenodd Anest yn betrus. Ai dyna pam ro'dd Mrs Blanche wedi codi'n frysiog o'i sedd? Choeliai hi fawr. Beth bynnag, ro'dd popeth yn ymddangos yn fwy llyfn bellach. Ar yr wyneb o leiaf. Ro'dd Mrs Blanche yn iawn hefyd, ro'dd fel petai'r gerddoriaeth wedi ymlacio'r ddwy. Wedi symud yn ôl ac ymlaen ychydig ar y cerrig coch i sain y gerddoriaeth aeth Mrs Blanche yn ôl at ei sedd blastig a chodi'i llyfr.

Ar ôl ryw bum munud o dawelwch, sylwodd Anest 'i bod hi wedi nofio rhyw bum gwaith o amgylch y pwll. Da iawn, meddyliodd. Wrth iddi rhoi'i thraed ar lawr y pwll yn ddiolchgar am gael ychydig o saib, teimlodd rywbeth seimllyd yn symud o dan y dŵr. Edrychodd i lawr a gwelodd, drwy'r dŵr tryloyw, rhyw neidr gantroed neu slywen anferth yn nofio hyd waelod y pwll. Yn cydsymud ag alaw a rhythm Duke Ellington a'i fand. Gwaeddodd Anest mewn sioc. Do'dd dim ots ganddi fod yna neidr ar waelod y pwll, ond ro'dd y teimlad annifyr ar 'i throed wedi'i hanesmwytho hi. Neidiodd Mrs Blanche wedi clywed y sgrech a rhuthro at ochr y pwll. Ro'dd Anest wrthi'n nofio at risiau'r pen dwfn a'i hanadl hi'n fyr.

'Beth sy'n bod, ferch? Ro'n i'n meddwl fod 'na rhyw byrfyrt yn y coed yn ôl y ffordd nathoch chi sgrechian. Beth sy'n bod?'

Do'dd Anest ddim yn disgwyl y fath ymateb.

'Mae 'na rywbeth yn y pwll. Rhywbeth sleimi. Rhywbeth ych â fi. Ro'dd e'n symud a phopeth!'

I'r dim. Ro'dd Mrs Blanche yn llawn cyd-ymdeimlad. Helpodd, â'r nerth rhyfeddaf, i dynnu Anest i fyny'r grisiau a gwthiodd hi i'r naill ochr yn drwsgwl.

'Dim problem. Dim problem o gwbl. Mae 'na ryw neidr uffarn yn fy mhwll i, oes?'

Do'dd Anest ddim yn siŵr iawn sut i ymateb. O'dd, ro'dd yna neidr (neu rywbeth tebyg o leiaf) ar waelod y dŵr. Ro'dd hi'n gallu'i weld e'n symud. Ond wedi dweud hynny, do'dd Anest ddim yn deall yn iawn pam fod Mrs Blanche wedi ymateb mewn modd mor gartŵnaidd. Fel 'tai rhyw elyn iddi'n llechu ar waelod y pwll. Sylwodd Anest hefyd fod gwallt Blanche, a fyddai bob amser mor ddestlus, yn edrych ychydig yn anniben am 'i phen ac ambell ddarn yn sefyll ar 'i union yn yr awyr. Anadlodd Anest yn ddwfn gan estyn am dywel oddi ar 'i chader. Trio gwneud 'i gorau drosti o'dd y ddynes. A chwarae teg iddi, meddyliodd Anest. Ocê, ro'dd hi wedi ymateb mewn ffordd dros ben llestri braidd, ond eisiau gwneud yn iawn wedi'r holl ffys cynt o'dd hi, mae'n siŵr.

Estynnodd Mrs Blanche am y polyn hir â rhwyd ar un pen iddo. Wrth i'w chyfaill fynd ati i ffeindio'r neidr a'i rhwydo, penderfynodd Anest y byddai'n well ganddi fynd i newid. Cerddodd yn araf at y tŷ. Sylwodd Mrs Blanche ddim arni'n gadael. Fel cefndir i'r holl ddrama, ro'dd nodau swing Duke Ellington

yn ymddangos allan o le rhywffordd. Diflannodd
Anest i gysgod y tŷ.

*   *   *

Do'dd dim yn well na gorwedd yn hanner noeth yn
y gwres ar wely glân. Teimlai Anest wedi llwyr
ymlâdd ar ôl y prynhawn ro'dd hi wedi'i gael. O leia
byddai'n cysgu'n dda heno. Cododd ar ei heistedd
gan barhau i sychu'i gwallt â'i thywel. Synnodd at
ba mor sych ro'dd hi'n barod. Yn rhannol oherwydd
y gwres ac yn rhannol oherwydd yr holl glorîn,
meddyliodd. Tra o'dd hi yn y gawod, bu'n meddwl
am nifer o wahanol bethau. Y peth cyntaf sylwodd
hi arno o'dd nad o'dd Mrs Blanche a hithau wedi
cael cinio. Rhyfedd hefyd. Ro'dd y ddwy mor hoff
o'u bwyd fel arfer. Wrth iddi olchi'i gwallt fe
chwythodd ffenest yr ystafell ymolchi ar agor a
dyma hi'n sylwi ar fryniau cochlyd y wlad. Bu'r
sebon yn llifo dros 'i llygaid gan gymylu'r holl lun,
ond ro'dd yr awel yn 'i cheryddu. Wyddai hi ddim
pam. Do'dd hi ddim yn awel oer, ond ro'dd ynddi
rhyw bendantrwydd nad o'dd hi'n gyfarwydd ag e.

Gorweddai ar y gwely'n breuddwydio erbyn hyn a
gwrando ar sŵn clychau'r geifr yn cloncian ar y tir.
Arlunio, dyna beth fyddai hi'n 'i wneud am weddill y
gwyliau. Cymryd mantais o'r holl olygfeydd a'r holl
fwydydd lliwgar a'u darlunio'n frysiog. Byddai ganddi
stôr anhygoel o frasluniau i'w hysbrydoli hi unwaith
y byddai hi'n ôl yng Nghaerdydd ac yn y dosbarth
nos. Byddai gwneud hyn hefyd yn fodd o gloriannu'i

hatgofion hi rhag meddwl mai breuddwyd o'dd yr holl beth. Pwy o'dd angen camera pan o'dd modd tynnu llun â phensil o'r holl bethau o'dd wedi tynnu'i sylw? Ro'dd hynny'n fwy personol, penderfynodd Anest. Estynnodd am grys-T gwyn o'i bag dillad a'i wisgo'n drwsgwl. Tynnodd 'i dwylo a'i phen drwy'r tyllau yn y crys-T gan lusgo'r defnydd gwyn yn araf dros 'i bronnau a'i bola. Chwarae teg, ro'dd yr holl ymlacio yma wedi dechrau gadael 'i ôl arni. Teimlai'n llawer mwy rhywiol a llawn bywyd nag a wnaeth ers tro byd. Byddai'n rhaid gwneud mwy o ymarfer corff pan âi 'nôl i Gaerdydd, ro'dd hynny'n sicr. Gwingodd wrth dynnu'r crys-T yn bendant am 'i hysgwyddau. Ro'dd hi wedi llwyddo i losgi yn yr haul unwaith eto. Dim ots, meddyliodd, byddai'n siŵr o frownio cyn pen dim. Wrth iddi dwtio ychydig ar 'i chrys-T yr eilwaith dechreuodd ystyried digwyddiadau neithiwr. Tad Marco i gychwyn. Ei noethlymundod. Llygaid Marco. Mariella ar gornel y sgwâr. Yr hyn oedd wedi cydio'n bennaf yn 'i cho' oedd ymddygiad 'i ffrind. Ro'dd Anest wedi cael profi gwedd arall ar bersonoliaeth Mrs Blanche. Ac ro'dd yr hyn brofodd hi wedi'i brawychu hi ryw ychydig. Teimlai'n anghyfrifol am fod yno, ar 'i gwyliau. Ac eto, wfft i deimladau felly. Ro'dd pawb yn rhyfedd yn y bôn. Efallai 'i fod wedi bod o les, meddyliodd Anest. Dod i ddeall nad yw fy ffrind i'n angel wedi'r cyfan. Wedi'i heilunaddoli hi'n rhy hir. Typical fi, meddyliodd Anest.

Aeth i gyfeiriad 'i chês dillad a chwilio'n frysiog am 'i phapur arlunio a'i phensiliau. Rhyw syniad a gafodd hi yn y gawod o'dd e, i fynd at y balconi gyda'i het wellt am 'i phen ac eistedd yno'n bensiliau i gyd, gan geisio arlunio. 'Ceisio' o'dd y gair cywir, ond byddai'n cael teimlo unwaith eto fel 'i chymeriad Parisienne sydd wedi dod am hoe fach i'r Eidal. Ar ben y byd.

Wedi iddi gyrraedd y balconi, dyma weld Mrs Blanche. Ro'dd hi'n dal wrth ymyl y pwll yn chwilio am y neidr. Bechod. Do'dd dim modd gwadu fod y pwll yn edrych yn hollol wahanol i'r un a adawodd Anest. I ddechrau, do'dd Anest ddim yn deall yn iawn pam 'i fod yn ymddangos mor fudr ac mor gymylog. Ar ôl tipyn, deallodd fod Mrs Blanche wedi bod yn corddi'r dŵr gymaint fel bod yr holl fwd a'r dail o'dd wedi disgyn i waelod y pwll wedi'u hail-godi'n un gybolfa flêr. Ro'dd hi ar fin gweiddi rhyw helô bach o'r balconi, ond chafodd hi fawr o gyfle. Yno, wrth ymyl y pwll, a'i rhwyd yn ddwfn yn y dŵr, ro'dd Mrs Blanche wedi dod o hyd i'r llipryn cnotiog o'dd wedi cosi traed Anest. Gwaeddodd mewn gorfoledd a thynnu'r rhwyd, heb drafferth yn y byd, trwy'r holl ddŵr a'i ddal ymhell uwchben y pwll.

'Wedi dy ddal di'r cnaf!'

Dyma Anest yn gwylio'r neidr dywyll yn troi a throsi'n wyllt yn y rhwyd. Tafla hi'n ôl i'r goedwig, meddyliodd Anest, ond do'dd Mrs Blanche yn amlwg ddim am adael iddi fynd mor hawdd. Cyn gynted ag y sylwodd Anest beth o'dd yn digwydd dyma hi'n ystyried gweiddi rhyw longyfarchion, ond ro'dd symudiadau Mrs Blanche yn ennyn rhyw chwilfrydedd rhyfedd ynddi. Ro'dd Anest yn edmygu'i ffrind, bod yr hen ddynes yn dal i allu bod mor gorfforol a hithau'n bensiynwraig. Tynnodd Anest 'i llaw dros 'i thalcen a theimlo môr o chwys. Syllodd i lawr tuag at y pwll unwaith eto a theimlo'n euog am wylio o bell. Rhyw fath o ysbïwr, rhyw fath o stelciwr. Bu bron iddi droi'i phen ac ymuno â Mrs Blanche, ond oedodd yn 'i hunfan. Ro'dd y bensiynwraig wedi estyn am garreg o rywle ac ro'dd hi ar fin taro'r creadur. Llwyddodd, ac aeth ati i'w dorri'n ddarnau ar hyd bob man. Taro dro ar ôl tro a mwmian yn dawel iddi hi'i hun wrth wneud. Do'dd dim stop arni; aeth ymlaen am hydoedd yn trywanu'r stribyn corff gan ei dorri'n ddarnau seimllyd a hwythau'n hedfan i bob man. Ro'dd y creadur wedi marw, wedi hen fynd, ond do'dd hynny ddim yn ddigon. Pwniodd â'r garreg hyd nes bod dim byd yn weddill a'r rhwyd yn fil o rwygiadau bras. Safodd Mrs Blanche yno gan wynebu'r coed. Anadlodd yn ddwfn cyn hyrddio pelen o boer o gefn 'i gwddf i'r borfa gyfagos. Trodd Mrs Blanche yn gyflym tuag at y tŷ a symudodd Anest y tu ôl i lenni'r balconi. O'dd hi wedi'i gweld hi? Am ryw reswm, ro'dd Anest yn teimlo fel 'tai'n chwarae gêm guddio fel y byddai'n arfer 'i chwarae gyda'i ffrindiau ers talwm. Do'dd ganddi ddim syniad fod gan 'i ffrind y fath dymer. Taw piau hi, meddyliodd, a 'run cam mas o le.

Edrychodd Anest ar 'i dwylo a sylwi bod 'i hewinedd hi wedi tyfu'n glou iawn. Roedd y peth yn ddigon o ryfeddod. Fel pe bai'r haul wedi sugno'r ewinedd i'r wyneb. Do'dd hi ddim yn siŵr iawn beth i'w wneud nesaf yn dilyn gwylio'r cartŵn rhyfedd o'r balconi. Dechreuodd deimlo 'i bod hi ar 'i phen 'i hun eto. Ro'dd newydd-deb joio yn yr haul a'r bwyd hyfryd yn dechre colli'i liw. Anadlodd yn ddwfn am dipyn cyn tynnu'i gwallt yn ôl a'i glymu mewn cwlwm blêr. Ro'dd gan Anest ddawn ryfedd i wneud i bethau bach syml fel clymu gwallt edrych yn reit osgeiddig, a'r twmpath o wallt coch yn cwympo blith-draphlith dros bob man. Sylwodd ar rwbeth yn symud yng nghornel chwith yr ystafell. Trodd i edrych, ond do'dd hi ddim yn gallu gweld beth o'dd yno. Cerddodd tuag at y gornel a syllu'n galed. Ro'dd y papur wal yn dywyll dywyll ac ro'dd hi'n anodd iawn gweld beth o'dd yn fflicio ac yn troelli. Tynnodd lenni'r balconi yn ôl ryw ychydig er mwyn taflu golau ar y creadur. Pilipala o'dd yno. Neu ryw wyfyn brown tebyg. Ro'dd e'n stryffaglu yn y gornel a'i gorff yn pwnio yn erbyn y wal mewn rhwystredigaeth. Beth o'dd mor arbennig 'i fod e'n moyn mynd at y wal? Trio estyn amdano wnaeth Anest. Pwyso a thynnu'i chorff yn hir hir gan geisio estyn 'i breichiau a dal y gwyfyn yn 'i dwylo'n dynn. Bu yno am rai munudau'n trio dal y diawl ac yntau'n meddwl mai rhyw berson â rhwyd am 'i falu'n racs jibidêrs o'dd yno. O'r diwedd, llwyddodd Anest i ga'l gafel arno gan 'i ddal yn dynn yn 'i llaw. A'th hi'n syth at y balconi gan ddal y gwyfyn mewn cell o fysedd. Ach, ro'dd e'n hedfan yn 'i llaw, yn stryffaglu ac yn gwneud rhyw sŵn gwingo rhyfedd. Gad lonydd, y diawl. Byddi di'n rhydd nawr. Mewn

11

Yn torri bara sych wedi'i dostio yn barod ar gyfer cinio, ro'dd dwylo. Dwylo caled, sychion a'r gwythiennau'n trio gwthio i'r wyneb. Ro'dd un llaw yn taenu olew yr olewydd yn hael dros y bara gan rwbio hanner ewin o garlleg ar yr wyneb cyn ychwanegu tameidie bychain o gig a physgod dros y talpiau. Yna, y dwylo gwythiennog yn malu dail basil yn fân ac yn 'u gwasgaru dros y bara. Clamp o sleisen o domato tew ar 'u pennau a dyna'r bruschetta yn barod. Ond ro'dd rhaid ychwanegu rhagor o olew olewydd, fel 'i fod yn berffaith. Ro'dd rhywbeth rhyfedd iawn ynglŷn â'r dwylo. Dwylo diddorol â modrwyau drudfawr dros y bysedd. Rhoddwyd y bruschetta fel babanod ar blatiau gwynnach na gwyn a'u taenu â rhagor o olew euraidd. Pwysodd y dwylo ar y bwrdd marmor wrth ochr y platiau.

'Perffaith!' mwmianodd Mrs Blanche, cyn cerdded yn osgeiddig drwy'r gegin a thrwy'r lolfa at y patio. Yno, gallai hi weld Anest yn fflip-fflopio fel môr-forwyn yn y pwll. Yn debycach i forfil, meddyliodd. A gwenu. Wrth gwrs, ro'dd Mrs Blanche 'di mwynhau ca'l cwmni, a hithe 'di bod ar 'i phen 'i hun gyhyd. Ac wedi dweud hynny, ro'dd antics ddoe, a'i ffrind yn mynnu gofyn pethau dibwys pan o'dd hi'n trio darllen, yn boen yn y pen-ôl. Roedd hi wedi ystyried yn ddwys pa gerddoriaeth i'w chwarae dros ginio. A fydde 'chydig o Louis Armstrong yn gweddu i'r naws? Neu beth am Sonny

Rollins neu Thelonious Monk hyd yn o'd? Na, ro'dd angen rhyw ysgafnder a chadernid ar yr un pryd. Sŵn utgorn gorffwyll Dizzy Gillespie o'dd yn rhaid 'i gael, felly, yn canu alawon hwyliog. 'Salt Peanuts', meddyliai. Ie, honno fyddai'r gân i'w chwarae. Drosodd a throsodd. Wedi'r cyfan, ro'dd gan y ddwy lawer iawn i'w drafod dros ginio. Aeth yn frysiog at y chwaraeydd CD. Llanwodd 'i chorff â gwres wrth iddi gerdded.

Ysgydwodd Anest 'i thraed o dan y dŵr clir. Roedd hi'n ddau o'r gloch y pnawn a haul tanbaid Toscana yn glafoerio dros y coed ger y pwll. A gweud y gwir, ro'dd corun Anest yn dechre llosgi a hithau o bryd cochlyd fel ag yr o'dd hi. Ro'dd 'i bochau hi 'di cochi ers dyddiau a theimlai 'i chorff yn llipa. Ro'dd cwpwl o ddyddiau wedi mynd heibio ers i Mrs Blanche ac Anest fod yn Buona Casa ac ro'dd ddoe, a'r digwyddiad gyda'r neidr ddŵr, yn teimlo fel petaen nhw'n perthyn i fywyd arall. Roedden nhw wedi cael amser braf neithiwr, yn siarad ar bwys y pwll. Yn bwyta cigoedd oer. Roedd Anest bron wedi anghofio bod 'i ffrind hi wedi bod yn yfed vodka drwy'r dydd. Ro'dd amser wedi hedfan. Wrth gwrs, mae'n fwy tebygol o hedfan os ydych chi wedi bod yn mwynhau gwneud yr un peth ers hydoedd. A photsian yn y dŵr o'dd yr un peth hwnnw. Ro'dd amser wedi gwibio, oedd, ond teimlai Anest hefyd fel petai Cymru yn ddim ond atgof pell. Bron na fedrai gofio gadael y wlad erbyn hyn.

Do'dd dim gwadu, ro'dd digwyddiadau'r dyddiau diwethaf wedi cael effaith andwyol ar 'u perthynas nhw ill dwy. Ac wedi dweud hynny, pan fyddai Mrs Blanche mewn gwell hwyliau, byddai'r ddwy'n dod ymlaen yn dda. Yr hyn o'dd wedi digwydd o ganlyniad i'r ymddygiad rhyfedd o'dd bod Anest yn fwy gwyliadwrus. Byth yn gwybod beth i'w ddisgwyl nesaf. Do'dd Anest ddim yn siŵr ai bod yn naïf o'dd hi, yn derbyn troeon trwstan yng nghymeriad 'i ffrind ac yn hapus i faddau ac anghofio drachefn. Efallai iddi wneud hyn am nad o'dd ganddi fawr o ddewis.

Ta waeth, mae'n siŵr mai'r holl bethau hyn a gyfrannodd at y ffaith fod Anest wedi dechrau hel meddylie a meddwl am adre. Nid hiraethu, cofiwch, ond meddwl. Wyddai Anest ddim byd am sut ro'dd unrhyw un yn ôl yng Nghymru. Ei ffrindiau hi, 'i mam a'i thad hi. Ro'dd hi 'di cael 'i hannog yn araf bach i ollwng 'i gafael ar y byd hwnnw ac i ymddiried yn gyfangwbl yn Mrs Blanche, ac ro'dd hynny'n ddigon teg. Ond ro'dd hi'n anodd derbyn y cyngor fel efengyl, o 'styried nad o'dd Mrs Blanche yn gwbl gyson â'i geiriau bob tro.

Ro'dd hi'n teimlo'n ddigon cachlyd am deimlo'n grac â Mrs Blanche hefyd. Wedi'r cyfan, fyddai hi byth bythoedd 'di gallu fforddio gwyliau tebyg oni bai am 'i charedigrwydd hi. Ac wedi dweud nad o'n nhw mor agos rhagor, ro'dd y ddwy wedi ca'l sgyrsiau gwerth chweil neithiwr. Am Gymru, am ddynion Cymru, mamau Cymru, trafferthion ariannol yr Eisteddfod Genedlaethol, a cherddoriaeth. A ben bore, dyna enghraifft arall. Dros frecwast yn y gwres. Roedden nhw wedi chwerthin bryd hynny hefyd. Wrthi'n sôn am gymeriadau rhyfedd y gwersi nos yn ôl yng Nghaerdydd.

Ar y cyfan, o leiaf, ro'dd Mrs Blanche yn aros tu mewn i Casa Toscana yn darllen rhyw lyfrau rhyfedd, yn syllu ar y pilipalod yn 'i fframiau neu'n eistedd yn y cysgod y tu allan tra byddai Anest yn ymlacio wrth y pwll neu'n siglo mewn hamoc o dan y goeden yn yr ardd. A gweud y gwir, yn ystod y dydd, ro'dd y ddwy fel cariadon o'dd wedi pellhau ar ôl dadlau, 'di mynd 'u ffyrdd 'u hunen.

Bob tro y byddai'r ddwy yn chwerthin yng nghwmni'i gilydd, ro'dd Anest yn cofio am y pethau o'dd wedi'i hanesmwytho hi ynghylch 'i ffrind. Y taeru, 'i thymer hi. Ro'dd Anest wedi llwyddo i wthio'r peth fwy fwy o'r meddwl, ond ro'dd hi dal yn ei gweld yn anodd maddau. Ond un peth o'dd yn mynd ar ei nerfau hi yn fwy na dim o'dd y ffordd yr âi Mrs Blanche ati'n ddyddiol i astudio'r pilipalod sych yn 'u fframiau pren. Am oriau! Ro'dd Anest hefyd wedi'i hypsetio gan y ffaith fod 'i ffrind mor barod 'i thymer o 'styried y ffaith taw ymwelydd dan 'i gofal oedd hi. Ro'dd hi'n teimlo'n fregus braidd.

Beth bynnag, roedd hi bron yn amser cinio. Tynnodd Anest 'i breichiau i fyny at gornel y pwll, gan orffwys ymhlyg yng nghornel y concrit am eiliad. O'dd, ro'dd Toscana yn lle anhygoel. Yn 'lush' fel y bydde hi'n gweud wrth 'i ffrindie yng Nghaerdydd. Crawciodd sioncyn y gwair yn y gwres, ac wrth glywed y crawcio cyson teimlai Anest boenau'r dydd yn diflannu fel gwybed o'i gwallt. Syllai â llygaid crychlyd yn yr haul ar yr olygfa o ben y bryn. Ro'dd Casa Toscana mewn man delfrydol, pellennig. O droi'i phen ar yr ongl cywir, ro'dd yn braf gweld tonnau'r tir yn mwytho'i gilydd. Y gwyrdd-goch a'r oren yn un llif parhaus o liwiau. Yn y tes, crynai pob bryn a choeden mewn rhyw darth hudol. A gwichiodd y sioncyn.

Tynnodd 'i choesau'n ôl ac ymlaen yn erbyn 'i gilydd yn y dŵr a gwthiodd 'i thraed yn erbyn y teils. Do'dd hi'n methu helpu teimlo y byddai hi'n hapus pe bai 'i bywyd hi'n bennu heddi. Ro'dd hi wedi profi'r pleserau eithaf erbyn hyn, yn 'i barn hi. Ro'dd yr holl beth yn swreal. Wedi'r cyfan, do'dd hi ddim yn mynd i fod yno ond am ddiwrnod arall. Cododd 'i llygaid o'r tir a syllu ar y dŵr yn gryniadau ac yna'n llyfnhau, y sŵn yn falm i'r glust ac yn adlewyrchu darlun tyner o'i hwyneb hi. On'd o'dd pawb yn edrych yn well mewn adlewyrchiad neu yn yr hanner gwyll? Ro'dd hynny'n wir amdani hi, beth bynnag. Ro'dd Anest wastad yn ca'l mwy o sylw gan fechgyn mewn clwb nos o'dd yn weddol dywyll. Ro'dd 'i hwyneb hi'n edrych yn well rywsut. Dechreuodd ystyried am eiliad ynghylch pa mor swreal o'dd y ffaith 'i bod hi'n gorweddian mewn sgwâr o ddŵr yng nghanol tir diarth ymhell bell o bobman. Mewn blwch o ddŵr yng nghanol mynydd, ymhlith mynyddoedd, a heb fwriadu gadael. Ro'dd Anest yn ysu am gael tynnu'i chorff o dan y dŵr am fod yr haul yn grasboeth. A braidd dim awel. Gresyn nad o'dd yn fwy ffres, yn fwy gwyntog, yn llai pob-dim-am-ben-bob-dim-a-dimlle-i-ddianc. Rhyfedd fel ma' awel yn gallu gwneud popeth yn haws ei ddioddef.

Dechreuodd Anest synfyfyrio am y noson yn y bwyty. Ro'dd yr holl sefyllfa wedi cydio yn 'i dychymyg hi. Wedi mwydo yn 'i meddwl hi. Synfyfyriodd am wres y noson yn Buona Casa ac am ing Marco. Am weld Mariella a o'dd fel pilipala, yn ddelicét yn y gwres, ond mor gadarn â bonyn coeden. Tybed o'dd y cariadon 'di adfer 'u perthynas? Synnai Anest damed. Jiw, ro'dd yn amlwg beth o'dd wedi digwydd! Ro'dd Mariella 'di mynd ar grwydr ac wedi cusanu rhyw foi golygus arall. Marco wedyn 'di penderfynu caru ag un o ferched Buon Torrentóri, a'r ddau yn wyllt gacwn, am yddfau'i gilydd. Mae'n siŵr y byddan nhw'n caru'n nwydus erbyn heno, meddyliodd Anest. Mor braf 'u byd. Ro'dd pethe mor syml yn y wlad hon! O gornel 'i llygaid gallai Anest weld Mrs Blanche yn paratoi'r bwrdd ar y patio, ac ro'dd hi hefyd yn gallu clywed rhyw nodau tún jazz yn morio tuag ati, yn 'i tharo hi o bob cyfeiriad. Do'dd dim angen i Mrs Blanche weiddi 'cinio', ro'dd hi'n gwbl amlwg i Anest fod yna wahoddiad iddi ga'l bwyd. Fel hyn ro'dd Mrs Blanche wedi mynnu gwneud bob dydd. Fel rhyw fath o seremoni. Ond do'dd mo'i angen o gwbl. A beth bynnag, ro'dd y gerddoriaeth yn 'i denu hi fel 'tai Mrs Blanche yn bibydd brith. Ymlwybrodd Anest i fyny grisiau bach y pwll gan lapio gŵn wisgo o dywel gwyn drosti. Ro'dd 'i thraed hi'n brifo ar y grisiau poeth a godai tuag at y tŷ. Sychodd 'i gwallt yn frysiog â thywel a symudodd 'i thraed i sefyll ar ddarn o garreg dan gysgod. Am ryw reswm teimlai Anest yn rhyfedd o unig. Calliodd wrth gerdded ar garlam at y bwrdd, dros y gwair a thuag at Mrs Blanche. Sylwodd fod Mrs Blanche 'di gwneud ymdrech arbennig i edrych yn smart.

'Ma' hwn yn edrych yn ffantastig, Mrs Blanche! A'r gerddoriaeth yn lyfli. Beth yw e? Pwy sy'n whare?' Eisteddodd Anest yn swp fel sach o datws ar y gadair, yn 'i gŵn wisgo. Gwylltiodd Mrs Blanche 'chydig o weld Anest yn eistedd mor drwsgwl a hithau 'di gwneud cymaint o ymdrech i baratoi'r cinio. Dyma Mrs Blanche yn ymestyn ei braich dros y bwrdd gan gyhoeddi'n llawn pomp:

'Bruschetta ydy'r pryd hwn, Anest. Cinio ysgafn Eidalaidd, perffaith ar gyfer diwrnod twym!'

'Mm!' Sglaffiodd Anest un darn o'r bruschetta yn syth bìn. Gwnaeth hyn Mrs Blanche yn fwy diamynedd fyth. Eisteddodd hithau i lawr yn araf ar 'i chadair.

'Mwynhewch, Anest, mae'r pryd hwn yn un pwysig.'

'Ydy! Dwi'n llwgu. Wir nawr. Diolch, Mrs Blanche. Hyfryd.' Aeth Anest yn 'i blaen i sglaffio'r bwyd ac yfed yn ddwfn o'r gwydraid gwin oedd o'i blaen hi. Wrth iddi gnoi darn o domato gofynnodd yn wyllt, 'A'r gerddoriaeth? Beth yw'r gerddoriaeth?' Cwmpodd darn o domato'n drwsgwl o geg Anest a chwympodd hedyn tomato ar y bwrdd o'i blaen.

'Gillespie!' taranodd Mrs Blanche, gan godi gwrychyn Anest. Do'dd hi erioed 'di clywed cymaint o nerth y tu ôl i un o eiriau Mrs Blanche. Bu bron i Anest dagu ar 'i bwyd.

'O, reit, iawn. Hyfryd. Gwyllt ond hyfryd.'

'Ie,' mwmianodd Mrs Blanche, 'galla i wastad ddibynnu ar Gillespie.'

'Beth, Mrs Blanche?'

'Dim.'

Eisteddodd y ddwy mewn tawelwch a theimlo fod y gwres fel pe bai'n 'u coginio nhw'n fyw. Ond ddwedodd neb 'run gair wrth 'i gilydd. Tywalltodd Mrs Blanche ragor o win i wydrau'r ddwy ohonynt. Cododd 'i gwydryn 'i hun a'i llaw gadarn yn sgleinio yn yr haul.

'Ydych chi'n mwynhau eich gwyliau mor belled, Anest?'

Am gwestiwn dwfn, meddyliodd Anest.

'Ydw, wrth gwrs 'ny. Mae e'n agoriad llygad. Wy'n joio, odw . . .'

Arhosodd Mrs Blanche am air o ddiolch ond yn ofer.

'Ie, wel, dwi'n falch eich bod chi wedi cael y cyfle i rannu ychydig o'm cyfoeth i. Bwytewch, Anest, mae digonedd ar ôl ar y plat fel y gwelwch chi.'

'Mi wna i hynny, Mrs Blanche, yn bendant. Mae'r gwylie wedi gwneud i mi feddwl am . . . wel am . . .'

'Ie, dwi'n gwybod, Anest. Eich gyrfa, eich cyfeillion, eich cyfeiriad mewn bywyd. Hyn, llall ac arall. Ydw i'n iawn?'

Eisteddodd Anest yn gegrwth a bwyd yn dal i fod yn 'i cheg. Do'dd hi ddim yn deall sut ro'dd 'i bywyd hi mor dryloyw i bobl ar y tu allan, ac mor ddyrys iddi hi. Wrth gwrs, ro'dd Mrs Blanche yn arbennig o sylwgar ac yn deall Anest i'r dim. Cynhesodd ati eto. Hwyrach nad hen fenyw chwerw o'dd hi wedi'r cyfan.

Ro'dd Mrs Blanche, fodd bynnag, wedi gwylltio am nad o'dd Anest wedi cynnig diolch bach arall am gael dod ar y gwyliau. Do'dd hi ddim chwaith yn hoffi gweld cynnwys pob pryd bwyd yn boetsh ryfedd yng ngheg agored 'i ffrind. Torrodd rhyw rhuddin oddi mewn iddi'r eiliad honno.

'Mae gen i rywbeth i'w gyhoeddi, Anest.'

Gwenodd Anest. 'O, gwych! Rhyw lwncdestun, ie?' Edrychodd ar Mrs Blanche, a'i llygaid yn fawr fel soseri.

'Mae gen i ofn nad ydw i wedi bod yn gyfangwbl onest â chi.'

'O?' gofynnodd Anest a'r gwres yn mwydo drwyddi, yr haul ar 'i gwar.

'Ie. Ydych chi'n cofio i mi sôn am Albert, fy ngŵr?' Syllodd y ddwy ar 'i gilydd.

'Odw. Albert brynodd Casa Toscana . . .' Pesychodd Anest a symud darn o bastrami rhwng 'i dannedd gyda'i bys. Gwylltiodd hyn Mrs Blanche eto.

'Nagon i moyn gofyn i chi rhag ofn 'i fod yn eich ypseto chi. Ych chi'n ei golli fe? Ife dyna sydd?'

'Ddim yn hollol.' Tynnodd Mrs Blanche 'i llaw dros 'i thalcen a thynnu'i gwallt yn ôl yn dynnach i'w gwlwm. Roedd hi'n mwynhau'r tensiwn, yn hoff o weld llygaid dychmygus Anest yn dyfeisio straeon.

'Dach chi'n gweld, Anest...' Estynnodd 'i gwydryn tua'r bwrdd, a thynnodd Anest 'i gwydr hithau i lawr o'r awyr hefyd.

'Fi ydy Albert Blanche.' Tarodd y gwydryn gwin yn galed ar y bwrdd a'i falu'n fil o ddarnau mân dros bob man. 'Peidiwch â symud! Rhag ofn i chi sathru ar ddarn o wydr.'

Crychodd Anest 'i hwyneb mewn syndod. Chwarddodd yn uchel.

'O whare teg! Chi'n hell of a one! Wy 'di clywed am sick joke o'r bla'n, ond ma' hwnna'n ffab... nathoch chi wir rhoi ofon i fi nawr.'

'Nid jôc yw hyn, Anest.'

'So chi'n dishgwl i fi gredu hyn, 'ych chi? Cym off it! Mae hyn fel plot mewn nofel wael. Chi'n tynnu ngho's i, dal i fod, nagych chi?'

Chwarddodd Anest eto.

'Nid ffycin jôc yw hi, Anest.'

Tynnodd Anest 'i gŵn wisgo'n dynnach amdani a chochodd 'i boche hi fwyfwy. Llifodd chwys ar 'i thalcen. Ro'dd y rheg wedi'i sodro hi yn 'i chadair a nodau Gillespie ddiawl yn hercio dros bob man, mewn a mas o'i gwallt hi.

'Beth? Sai'n deall. Chi yw'ch gŵr chi?'

'Fi yw Albert Blanche.'

Dyma Anest yn dechre difrifoli, a dagrau'n cronni yn 'i llygaid hi.

'Ond beth am Mrs Blanche?'

'Dydy hi ddim yn bod, Anest.'

'Ody mae hi. Mae hi'n sefyll o 'mla'n i. Chi yw hi. Chi yw Mrs Blanche, ontyfe!'

'Beth yw enw cynta Mrs Blanche 'te, Anest?'

Syllodd Anest ar 'i chyfaill dros y bwrdd bwyd. Ro'dd hi am redeg, ro'dd hi eisiau crio ac eisiau cysgu ar yr un pryd. Do'dd Mrs Blanche ddim yn bodoli, erioed wedi bodoli.

'Dwi moyn hi 'nôl. Allwn ni gario 'mla'n fel hyn . . .?'

'Wel ffycin hel. O'n i byth yn meddwl y byddai'n cymryd cymaint o amser i chi ddeall.'

'Fi *yn* deall.' Hepian crio am yn ail â sychu'i thrwyn, 'ond wy moyn anghofio. Wy moyn mynd gatre.'

Y peth pennaf na'th 'i tharo hi o'dd nad o'dd hi wedi 'styried y fath beth. Wedi cael 'i thwyllo a'i dallu, a'i hudo hyd yn o'd, gan rith o berson. Dechreuodd y gwres dywallt yn annioddefol dros Anest a dagrau'n llifo i lawr 'i boche, i lawr dros 'i gwddf a thuag at 'i bronnau, rhwng defnydd y gŵn wisgo.

'Rych chi wedi 'nhwyllo i, Mrs . . .' Stopiodd Anest ar 'i hunion gan syllu fel plentyn ar Mrs Blanche. 'Pam na wnaethoch chi ddweud rhywbeth?' Pesychodd rhwng 'i dagrau. 'Cyn i ni fynd ar wylie? Cyn i ni . . .' Crio eto a dagrau. '. . . cyn i ni dreulio cymaint o amser yng nghwmni'n gilydd. A shwt mae hynny'n bosib? Shwt mae . . .? Shwt 'ych chi . . .? 'Ych chi'n gweud celwydd!'

Ac yn sydyn reit, ro'dd pob dim yn wahanol. Ro'dd y pwll a waliau'r tŷ a'r bruschetta a phob dim yn gawlach. Pob dim wedi suro. Fyddai dim byd yr un fath eto. Cododd Mrs Blanche gan osod 'i chadair o dan y bwrdd.

'Mae'n gyfangwbl amlwg, Anest. Chi sy'n ddall, cariad – chi'n sydd wedi eich hudo â'r syniad o gael ffrind cyfoethog. Rich Bitch. Gwrandewch ar fy llais i, edrychwch ar fy nwylo i. Dwi ddim yn swnio fel menyw. Mae'n amlwg i bawb arall.'

Tynnodd Anest ystumiau a chau'i llygaid rhag edrych i fyw llygaid 'i ffrind. Erbyn hyn ro'dd Anest yn gweryru crio ac yn anadlu'n drwm.

'Ych chi wedi nhwyllo i. Mae'r holl beth yn ffiedd. O'n i'n gwbod, o'n i'n gwbod! A pam na wedsoch chi? Y? Pam na wedsoch chi? Odych chi'n dost neu rywbeth? Odych chi? Sai'n deall!'

Ar hyn, da'th Mrs Blanche tuag ati a'i chofleidio.

'Dwi'n flin. Dwi'n flin iawn, Anest, fy mod i wedi gwneud hyn, wedi gwneud . . . Dwi'n flin mod i'n gwneud hyn.'

Boddwyd Anest yng nghrys gwyn Mrs Blanche. Teimlodd Anest gysur, i gychwyn. Pan geisiodd dynnu'n rhydd o afael 'i ffrind dechreuodd fynd i banig. Stryffagliodd am aer gan boeri a glafoerio crio.

'Yn flin am beth? Am beth? Do's dim ots. Wir nawr. Wir . . .'

'Am wneud hyn.' Gwasgodd Mrs Blanche Anest yn dynnach at 'i bron gan ddal 'i phen yn dynn yn 'i le gyda'i dwylo. Tynnodd Anest i ffwrdd ond daliodd Mrs Blanche 'i phen yn gadarn nes 'i bod hi'n gwbl sownd a'r defnydd gwyn yn 'i boddi hi. Stryffagliodd Anest a mwythodd Mrs Blanche wallt coch 'i chyfeilles. Teimlai fel 'tai'n gwasgu pilipala yn 'i dwylo. Ar ôl rhai munudau a'th Anest yn llipa ym mreichiau Mrs Blanche. Gollyngodd hi'n ôl yn 'i chadair. Roedd 'i bochau hi'n dal yn goch wedi'r brwydro, ond ro'dd y frwydr wedi'i hennill a nodau Dizzy Gillespie yn pig-pigo ar benglog marw Anest. I mewn drwy un glust, ac allan drwy'r llall, meddyliodd Mrs Blanche. Eisteddodd yn araf ac yn osgeiddig yn 'i chadair. Symudodd ddarn o wallt oddi ar ei hwyneb marw a chydiodd yn y rhwymyn gwallt a'i dynnu'n rhydd. Llifodd 'i gwallt yn gudynnau prydferth eto.

'Gymerwch chi ragor o'r bruschetta, Anest, ac ychydig o win rhag y gwres llethol yma? Albert Blanche, wir! Calliwch newch chi, Anest!'

Sbloets lliwgar o nodau Gillespie yn llenwi'r awyr ac yn aros yn eu hunfan uwchben y bwrdd am nad o'dd yna awel. Ro'dd Mrs Blanche yn siŵr fod blas y nodau ar y bruschetta, am 'u bod nhw wedi sefyll uwchben y bwyd gyhyd. Wedi neidio a hercio cyn llithro i'r bwrdd.

'I feddwl 'i bod hi wedi credu jôc mor wael,' meddyliodd Mrs Blanche, gan dynnu'i bra a rhoi ysgydwad er mwyn i'w bronnau gwympo i'w lle.

Ac Anest? Yn gelain, a sudd y tomato yn rhedeg o'i cheg yn gymysg â gwaed.

12

Bore rhyfedd o'dd y bore hwn yn Buon Torrentóri. Ro'dd 'na ryw ysictod yn yr aer a threigl amser yn dawnsio fel gwifren drydan dros bob dim. Y bore, dyma o'dd yr amser mwyaf dymunol ar ddydd o haf. Wrth eistedd a gwrando, gallech glywed sŵn ac atsain plant yn codi ac yn chwarae'n wirion yn llwch y gerddi. Sŵn sosbenni Buona Casa yn deffro, yn barod i ddal saws ragu. O wrando'n astud, ro'dd modd clywed sŵn cwsg yn cwympo o lygaid pentrefwyr, 'u croen melfed a'u gwalltiau du ynghlwm wrth 'i gilydd.

Eisteddai Sarjant Piccolomini yn hanner effro. Ro'dd e'n hoffi gwneud 'chydig o bob dim am fod modd gwneud mwy o ganlyniad. Ro'dd e wrthi'n hanner llygadu nofel newydd a brynodd yn y Tabaccheria ac ro'dd hanner, chwarter, tamaid o un llygad llwfr yn syllu'n ffwndrus ar y sgwâr. Do'dd cadw golwg chwyslyd ar y pentrefwyr ddim yn waith hawdd o bell ffordd, ond ro'dd Piccolomini wedi llwyddo i feistroli'r grefft o wneud hynny (ynghyd â rhywbeth arall ar yr un pryd). Symudodd 'i fysedd dros goler 'i grys a chrafu'i hanner barf. O wneud hyn, dôi sŵn fel byseddu brwsh. Crafodd 'i geilliau a darllen pennod arall o'i lyfr. Gwelai hi'n anodd iawn canolbwyntio ar y print mân am nifer o resymau. Doedd Piccolomini ddim 'di bod yn cysgu'n dda'n ddiweddar gyda'r gwres mor llethol. Byddai'n chwysu yn 'i gwsg ac yn siarad yn uchel tra oedd yn breuddwydio. Ro'dd yn well ganddo aros yn effro, felly, yn hytrach na gwneud ffŵl ohono'i hun. Ac wrth gwrs, o wneud hyn, byddai'n 'digwydd' clywed pobl yn siarad ynghyd â chlywed synau rhyfedd y nos. Chwarae teg, ro'dd wedi llwyddo i gasglu sgyrsiau rhyfedd a phigion anhygoel o wahanol lefydd. Y cyntaf iddo'i glywed (ac yntau ar grwydr o amgylch y pentref) o'dd sgwrs rhwng Louisa a Beppe Campanini. Roedd Louisa yn wylo'n dawel a gofynnodd i Beppe adael. Gwrthododd yntau gan ymbil arni am faddeuant. Cosi wnaeth clustiau Piccolomini a chlosiodd at wal y tŷ i glywed yn union beth oedd wedi mynd o'i le. Chlywodd e ddim er iddo geisio'i ore glas. Ro'dd hi'n ddigon amlwg iddo fod yna broblemau enfawr yn y berthynas beth bynnag. Pe bai e 'di cerdded ganllath ymhellach byddai wedi clywed dwy hen wreigan yn sgwrsio dros win coch, un yn sôn 'i bod hi'n meddwl fod Piccolomini yn boen a'i fod e angen dysgu peidio clustfeinio ar bobl eraill rhag iddo glywed pethau annymunol am 'i deulu fe 'i hunan, a'r llall yn meddwl fod ganddo dueddiadau rhyfedd o'dd yn deillio'n ôl i salwch meddwl o'dd yn y teulu. Cofiwch, chlywodd Piccolomini mo'r drafodaeth honno ac felly aeth yn 'i flaen i ymbalfalu ymhlith problemau dirifedi 'i gyd-bentrefwyr. Oherwydd ro'dd ganddo hawl clywed, wrth gwrs. A'r noson honno clywodd sgwrs ddiddorol iawn ar y sgwâr. Digwydd taro ar y cariadon wnaeth e, wrth iddo sefyll mewn cornel dywyll yn pigo'i drwyn. Teimlai'n eithaf cyfrwys yn gwrando gyda gwres a llwch y nos yn llenwi'i ffroenau. Bu bron iddo disian ryw chwe

161

dad wedi eistedd ar y sgwâr y tu ôl i'r bwyty ac wedi rhannu potel o win. Ro'dd tad Marco'n welw ac yn ôl ei olwg, fe ddylai fod yn ei wely. Roedd yn dal i edrych yn wan ac yn gymysglyd. Roedd ôl crio ers oriau arno. Ond ro'dd Marco wedi bod yn awyddus i ga'l gair ag e ers sbel, ynghylch gwahanol bethau. Felly ar ôl i'r gwesteion olaf adael 'u hufen iâ 'di toddi ar waelod 'u powlenni a diferion o win melys ar waelod gwydrau gwin, daeth Marco a'i dad i eistedd yn yr awel ysgafn. Ro'dd Marco'n daer i gredu mai cymysgedd o'r gwres llethol, pwysau gwaith a henaint o'dd i gyfri am ymddygiad 'i dad yn ddiweddar. Ni ddywedodd y naill na'r llall air am ychydig. Dim ond eistedd yng ngwyll y lleuad, heb gannwyll (rhag denu'r clêr a'r gwybed i bigo). Ro'dd golau'r teledu o'r ystafell fyw yn sgleinio'n las drwy'r llenni. Do'dd Marco ddim am holi pethau rhy ddifrifol, yn enwedig a'r ddau ohonyn nhw mor fregus. Dim ond am ddweud gair bach ro'dd e. Am holi ambell beth, am grafu'r wyneb. Ffwndrodd y tad â'r gwydryn gwin cyn dweud yn dawel,

'Mariella.'

Dyna synnodd Marco a dyna glywodd Piccolomini hefyd. Am lwcus.

'Beth amdani, Tada?' gofynnodd Marco'n gecrus. Ro'dd hawl ganddo fod yn oriog. 'Am beth ych chi'n sôn, Tada? Dad?'

Crynodd y gwydryn gwin yn nwylo'r tad. Gallai Marco fod wedi crio fel babi dwyflwydd eto o weld yr hanner dyn o'dd o'i fla'n e. A phob dim 'di digwydd mor gyflym.

'Mariella. Mariella. Mariella. Mariella!' sibrydodd 'i dad.

Gwylltiodd Marco.

'Beth amdani? Peidiwch â 'nghosbi fi fel hyn. Wy 'di gwneud fy newis, Tada. Mae Mariella yn y gorffennol.'

Syllodd tad Marco arno â llygaid blinedig.

'Mariella yn y gorffennol? Mariella yn y gorffennol? Mariella yn y gorffennol. Mariella yn y gorffennol. Maria, Mariella, Mariella fy merch, fy merch fach i. Maria, Maria. Ave Maria!'

Doedd Marco'n deall dim o ddryswch 'i dad. Cododd y gwydrau gwin.

'Digon o win, wy'n credu. Ych chi wedi ca'l 'ch ffordd 'ch hunan. Gadwch i fi . . . Gadewch fi fod.'

I mewn â'r tad a'r mab gan adael Piccolomini a'i lygaid led y pen ar agor, yn gegrwth. Efallai nad o'dd Marco 'di deall, ond ro'dd Piccolomini'n deall yn iawn.

'Wel, wel,' ynganodd yn araf, gan wenu'n gam, 'yr hen gi iddo!'

Do'dd yr enw Maria'n golygu dim i Marco. Chwip amser yn torri cytiau dros 'i fochau, heb iddo deimlo dim. Ond teimlai Piccolomini fel ditectif craff, er nad o'dd dim byd craff yn ei gylch. Dim ond 'i fod yn hen, a'i fod yn cofio hanes yr hen le 'ma. Pan glywodd Piccolomini'r enw Maria, cofiodd yn syth am weinyddes a fu yn Buona Casa flynyddo'dd yn ôl, yn hwyr yn y saithdegau. Ro'dd pawb 'di clywed sôn am warth Maria am iddi feichiogi. Plentyn siawns a dim sôn am unrhyw dad. Yn fuan wedi genedigaeth

Mariella, diflannodd Maria heb yn wybod i neb, gan adel y babi gyda'i chyfaill, Isolde, a'i gŵr Giuseppe. A hwythau'n gwybod dim am hanes y tad. Ro'dd y cyfan mor glir â gwydr, a'r stori yn edefyn grisial drwy'r degawdau. Mario Toriniéri, tad Marco, o'dd tad y plentyn, ac yntau wedi mynnu fod Maria'n ffoi o Buon Torrentóri. A! Yr hen gi iddo, chwarddodd Piccolomini. Tybed fyddai Mario 'di dishgwl iddi adael 'i babi yma yn Buon Torrentóri? Na, mae'n siŵr 'i fod wedi'i diawlio hi, gwenodd Piccolomini eto. A'r eneth ifanc, druan, wedi dianc rhag dwyn gwarth ar 'i theulu ac ar ôl ca'l 'i bygwth mae'n siŵr, meddyliodd yr heddwas.

Chwarddodd Piccolomini gan boeri dros ei weflau.

'O diar, diar! Am hanes!'

Methu cysgu fu'i hanes y noson honno eto. Ar bigau'r drain yn dyheu am ddweud wrth rywun am yr hyn ro'dd e wedi'i glywed. Yn cofio rhagor bob eiliad ac yn deall mwy. Brawd a chwaer yn caru a . . . Ro'dd y posibiliade a'r erchylltere'n well nag unrhyw nofel.

'Marco a Mariella Toriniéri,' gwenodd gan grafu'i geilliau. Gwthiodd 'i wraig 'i braich tuag ato yn 'i chwsg. Gwthiodd yntau 'i braich yn ôl, ond do'dd dim modd gwthio bloneg boliog 'i chanol i unman. Mwythodd y bol 'i gefn drwy'r nos, tan y bore bach.

Chlywodd neb yr hanes yn iawn. Trwy ryw ryfedd wyrth cadwodd Piccolomini'i geg ar gau am hydoedd ac yna ymhen blwyddyn neu ddwy cafodd gancr. Doedd dim yn bwysig iddo erbyn hynny. Dim ond 'i iechyd a sicrhau dyfodol 'i deulu. Chlywodd neb erioed ac ni ddarganfu Piccolomini erioed ai cariadon o'dd Mario a Maria ynteu trais ar ran y bòs ddaeth â Mariella i'r byd. Dim ond hanes a ŵyr, a'r gwirionedd yn sownd ym mhridd bryniau Toscana. Yr hyn a wyddai un person yn y pentre o'dd 'i fod wedi mynnu bod Maria'n ffoi o Buon Torrentóri. (Ni feddyliodd sôn gair am y plentyn. Cymerodd yn ganiataol y byddai'r plentyn yn gadael gyda'i fam – yn ei bol.) Rhoddodd arian iddi fel na fyddai angen iddi weithio mwyach yn Buona Casa. Bu'r bygythiad yn 'i herbyn pe bai'n cyfaddef pwy o'dd y tad yn ddigon i'w chadw hi'n fud. A dyna fu'r diwedd, tan i'r gorffennol chwarae mig â'r presennol a'r pridd yn rhydd unwaith eto. A do'dd Mariella ddim callach. Isolde o'dd 'i mam hi a bu farw'i thad rai blynyddoedd ynghynt, yn nhrasiedi'r llaeth gafr. Wrth gwrs, ro'dd hi'n gwybod nad dyna o'dd y gwirionedd, ond do'dd hi erioed wedi gofyn, erioed wedi holi. Ac ro'dd Isolde yn hapus i adael pethau fel yr oedden nhw am nad oedd hithau chwaith yn gwybod y gwir i gyd.

*   *   *

'Cappuccino, per favore?' gofynnodd Mrs Blanche. Eisteddai mewn caffi bach yn Buon Torrentóri. Ro'dd y gwres a'r chwys yn llifo o bob un twll. Chwaraeai gyda'r modrwyau ar 'i bysedd cyn syllu ar y bobl ar y stryd, ac ar hen ŵr mewn hen drowsus afiach. Syllu wedyn ar gorun moel a seimllyd hen ŵr arall.

Cerddai tri neu bedwar person i fyny ac i lawr y stryd yn hamddenol. Yna, sylwodd Mrs Blanche ar ŵr hynod olygus â sigarét yn sownd yn 'i geg. Teimlai'n rhydd wrth ga'l y rhyddid i syllu arno a'i ffansïo, yn rhydd o afael Cymru, yn rhydd rhag cyfrifoldeb ac, yn bennaf oll, yn rhydd rhag disgwyliadau unrhyw ddisgybl. Gwenodd â gwefusau llawn, benywaidd cyn diolch am 'i chappuccino a gwenu eto ar Mariella o'dd yn eistedd ar fwrdd gyferbyn â hi gyda'i chyfaill, Louisa. Byseddai'r ddwy Eidales 'u cacennau a edrychai fel danteithion mewn cylchgrawn.

'Byt dy un di, ferch. Smo ti 'di dechre'r busnes starfo dy hunan eto, wyt ti?' gwthiodd Louisa blât Mariella tuag ati.

'Byt dy un di.' Gwenodd y ddwy; roedden nhw'n deall 'i gilydd.

'Felly, dyna ni, ie Louisa? Wedi maddau iddo fe wyt ti?'

Edrychai wyneb Louisa fel wyneb model a'i thrwyn smwt yn sgleinio yn yr haul. Ro'dd yr haul 'di llwyddo i'w cyrraedd drwy'r ymbarél hufen.

'Nid fi sydd â'r hawl i fadde, nagefe?'

'Ie, Louisa. Wnest *ti* gyfaddef bob dim wrtho fe am y . . . t'mo. Ffeindio allan wnest ti, y wew! A der 'mla'n, Louisa, mond mis o'ch chi 'di bod yn mynd mas pan nes *ti*. Blwyddyn a hanner pan nath . . .'

'Paid â chodi crachen.' Syllodd Louisa'n ofalus o amgylch y lle. 'Ma' gan y walie 'ma glustie.'

'Wel paid â phoeni amdani hi fan'na,' gan wneud llygaid at Mrs Blanche. 'Hen Almaenes sych heb syniad am ddim yw hi, yn enwedig Eidaleg!'

167

Chwarddodd y ddwy. Tra oedden nhw'n chwerthin, sylwodd Mariella nad o'dd y ferch ifanc welw gyda Mrs Blanche. Tybed ble'r oedd hi? Wrth iddyn nhw dawelu, gafaelodd Mariella yn llaw Louisa.

'Wy'n deall yn iawn pam nagyt ti 'di maddau. Tawn i'n cael hanner cyfle . . .'

Anadlodd y ddwy yn ddwfn a chnodd Mariella ewin 'i bawd gan feddwl. Ro'dd Louisa 'di deall fod Mariella'n hel meddyliau. Pwysodd ati.

'Ma' Giuseppe yn garwr rhy dda i mi 'i golli.' Gwenodd y ddwy, ac ychwanegodd Louisa, 'O't ti wastad yn cwyno fod Marco yn chwyrnu a byth yn rhoi sêt y toiled i lawr.'

Gwenodd y ddwy yn drist.

'Gwir, gwir.'

Llifodd rhyw awel gysurus o rywle gan gyffwrdd â Mariella ar 'i gwar. Roedd hyn yn sbardun sicr iddi gyhoeddi'i threfniade. Rhyfedd. Fel mae pethau bach materol neu chwa o awyr iach yn atgyfnerthu syniad sy'n hedyn bach yn y meddwl . . .

'Wy'n mynd, Louisa. Ar y trên, i Firenze fory. Wy am aros gyda ffrindiau am 'chydig.'

Chwifiodd Louisa ei dwylo yn yr awyr. 'A wedyn beth, y? Ti'n bod yn fyrbwyll nawr.'

Clywodd Mrs Blanche barablu gwyllt heb ddeall dim.

'Nagw, Louisa. Wy 'di gweithio'r cyfan mas, fel watsh. Wy am gasglu arian, cynilo. Gweithio fel slecs a dechre cwrs prifysgol yn y Gogledd yn rhywle.'

'Yn rhywle? Ble? A dod yn d'ôl? I brofi i'r ffŵl dy fod ti'n anhygoel? Gwych!'

Ro'dd Louisa'n ceisio deall meddylfryd 'i ffrind.

'Na, Louisa. Mynd, a mynd am byth. Cael gradd. Dianc rhag y gwres yffachol hwn. Mae e'n gwasgu arna i.'

'Mae e'n gwasgu arnon ni i gyd.'

'Mae e'n gwasgu arna *i*.' Roedd wyneb Mariella fel carreg.

'Ond wyddost ti ddim a fyddi di am ddod yn d'ôl. I brofi i Marco. I ddangos . . .'

Torrodd Mariella ar 'i thraws. 'Os wy am gael addysg mewn coleg, Louisa, dwi ddim yn mynd i'w wneud e er mwyn profi rhywbeth i ryw ddyn. Wy'n mynd i'w wneud e achos mod i *am* wneud.'

Tristaodd Louisa.

'Wy'n deall, wy *yn* deall, wir . . . ond bydda i'n dy golli di. Wyt ti'n deall beth wy'n feddwl?'

'Dwi'n deall, Louisa . . . a bydda i'n dy golli di a mam. Mam druan.'

'Ond, ti am fynd, yn dwyt ti? Sdim am newid dy feddwl di. Alla i weld hynny.'

Crynodd gwefusau'r ddwy a phigodd yr haul drwy'r tyllau yn yr ymbarél gan arllwys cawod o haul dros 'u crwyn.

'Ond fory, Mariella? O's rhaid mynd fory? Der 'mla'n!'

'Fory.' Cododd Mariella'i phen yn uchel gan deimlo'r awel ysgafn, ysgafn yn 'i chodi.

13

Cerddodd a cherddodd Marco Toriniéri ymhell bell dros y bryniau y bore hwnnw. Ro'dd yna awel gre' wedi dod o rywle ac wedi rhoi teimlad o ryddid i bobl Buon Torrentóri. Fel petai rhai pethau wedi'u sortio. Gwelodd Piccolomini Marco yn mynd i gyfeiriad Bryn Tonescáni y bore hwnnw. Ro'dd hi'n wyth o'r gloch a llygaid cwsg yn dal i deyrnasu. Pam ddiawl oedd y bachgen yn cerdded a hithau mor gynnar? Ro'dd sach frown am gefn Marco yn llawn dop o bapurau sigaréts, o bapur a pheniau, potel ddŵr, ychydig o fara a het er mwyn ca'l cuddio rhag yr haul. Syniad o'dd ganddo y byddai mynd am dro tan un ar ddeg y bore yn clirio'r pen ac y byddai'n sicrhau ei fod yn ei ôl cyn i'r gwres tanbaid daenu dros bob man. Ro'dd e'n gwneud hyn yn reit aml pan o'dd rhywbeth mawr yn ei boeni ond nid oedd wedi cael cyfle'n ddiweddar. Am anghofio am bethau dynion. Am wneud rhywbeth gwahanol i'r arfer. Gwelodd Marco Piccolomini a chododd 'i law arno. Cododd Piccolomini 'i law yntau, gan feddwl 'biti drosto, mae e mewn cariad â'i chwaer a dim un syniad ganddo'. Wedyn, meddyliodd Piccolomini am Marco yn y lliain gwyn. 'Wel, mae e'n amlwg yn honco'n barod beth bynnag'. Tynnodd Piccolomini ddarn sych o'i drwyn a'i gynnig, yn llwynogaidd, i'w geg. Hallt, meddyliodd.

Bant â Marco yn hwyliog ddigon ar hyd y ffyrdd gwledig. Ro'dd yn llawer gwell ganddo gerdded ffyrdd anghyfarwydd am nad o'dd e'n adnabod 'u harogl nhw a doedden nhw ddim yn 'i atgoffa fe o

Mariella. Ac eto, ro'dd hynny'n ymddangos mor anhygoel o ystrydebol. Digwyddodd basio coeden, ac o dan y goeden honno gwelodd rywbeth a dynnodd atgof o'i ben. Do'dd e ddim yn siŵr beth yn union o'dd wedi denu'i sylw ynglŷn â'r goeden. Efallai mai siâp y bonyn o'dd e. Ro'dd yn troelli ac yn gwyro ychydig i'r dde oherwydd gwynt y gaea'. Cofiodd 'i fod e a Mariella wedi caru o dan yr union goeden honno a'i fod wedi profi pleser mwyaf anghymarus gyda hi ar y noson honno. Ro'dd yn cofio iddi chwarae â'i gefn ar ôl iddynt garu, ro'dd e'n cofio blas 'i chwys hi yn 'i geg. Ro'dd e hefyd yn cofio iddo gael ploryn enfawr ar 'i ben-ôl yn dilyn y noson honno, fel 'tai darn o bren wedi sodro yn 'i groen wrth iddyn nhw rowlio yn y baw sych. Do'dd dim modd dianc i unman, meddyliodd. Ac yntau wedi meddwl i gychwyn nad oedd wedi troedio'r llwybr hwn o'r blaen.

Cerddodd am awr a hanner i fyny'r bryn coch cyn gorffwys am ychydig o dan goeden arall. Un llai o'dd hon. Tynnodd bapur sigarét o'i fag a gosod twmpath o ddail gwyrdd a baco ar y papur a'i lyfnhau yn barod i'w smygu. Wedi iddo danio ac anadlu'n ddwfn sylwodd fod 'i fol yn ymchwydd o floneg. Damia, ro'dd eistedd fan hyn yn dangos yn union pa mor an-ffit ro'dd e wedi mynd. Gafaelodd mewn pen a dechrau sgrifennu cerdd. Rhyfedd fel ro'dd e'n ysu am ga'l sgwennu cerdd er nad o'dd e'n gallu gwneud dim oll yn yr ysgol. Fel 'tai e am ollwng ei afael a chyfleu rhywbeth. Rhywbeth o'dd yn dod o'r tu allan iddo ef 'i hunan. Sylwodd ar gleren yn hedfan o amgylch 'i ben a'i sŵn yn bigyn clust. Yn sydyn, cofiodd pam nad o'dd e'n hoff o'r stwff o gwbl. Ro'dd canabis, ar adegau, yn 'i wneud yn oriog, yn 'i wneud e'n wan ac yn afresymol. Yn berson gwahanol. Byddai'n aml yn cymryd dyddiau iddo ddod dros 'i smôc. Yn aml, byddai'n teimlo'n isel ac yn becso. Becso fod pobl yn siarad amdano, becso y gallai farw ar unrhyw funud. Ro'dd Marco'n aml yn becso y byddai'n marw, yn cwympo'n farw yn y fan a'r lle, heb ga'l cyfle i ddod i delerau â'r peth. Ac yna, byddai'n anghofio am hyn i gyd ac yn becso fod pobl yn siarad amdano eto. A'r gwir o'dd, 'u bod nhw *yn* siarad amdano. Yn siarad am 'i deulu, yn siarad am ddyfodol y busnes. Efallai nad cyffur 'becso' o'dd y dail gwyrdd wedi'r cyfan, ond cyffur y 'gwirebau'. Wrth iddo feddwl, pendwmpian a sgwennu, sylwodd e ddim 'i fod wedi bod yno ers oriau.

Wyddai e ddim chwaith 'i fod yn eistedd o dan hoff goeden Giuseppe Carboli a fu farw mewn amgylchiadau llaethog. Tad Mariella. Efallai nad o'dd Mariella'i hun yn gwybod hynny. Wyddai Marco ddim chwaith fod Mariella wrthi'n pacio'i dillad yn ofalus ac yn eu gosod mewn cês. Serch hynny, ro'dd e'n meddwl am Mariella. Ro'dd e'n dychmygu 'i bod hi newydd godi, yn cyfarch 'i mam cyn meddwl amdano yntau. Ro'dd ganddo syniad yn 'i ben o'r hyn yr o'dd hi'n 'i wneud, y funud hon. Iawn, ro'dd e'n anghywir, ond rhywsut ro'dd ganddo 'i Mariella fach 'i hun yn 'i ben. Yn bodoli.

*   *   *

Wrth i'r Mariella go-iawn bacio'i dillad dyma hi'n cofio hen arferiad o'dd ganddi pan ro'dd hi'n blentyn. Gweld 'i sgarff lliw melyn llachar hi ddoth â'r argraff yn ôl i'w phen. Ro'dd hi am sbel yn ceisio gosod popeth yn ôl yn 'i gyd-destun. Pan fu farw'i thad yn y llaeth, ro'dd pethau'n rhyfedd yn y tŷ. Ro'dd 'i mam yn torri siapiau yn 'i breichiau gyda chyllell fara, a do'dd hi ddim yn mynd i'r tŷ bach yn aml iawn. Am 'i bod hi'n rhwym ro'dd yn rhaid i Mariella fwytho'i chefn am oriau bwygilydd. Wrth gwrs, dechreuodd Mariella fecso fod 'i mam hi'n mynd i farw hefyd. Does gan blentyn ddim gallu i fesur maint anhwylder. Bob nos, cyn iddi fynd i'r gwely, byddai Mariella'n mynd â thedi melyn llachar i'r gwely gyda hi. Wrth iddi orwedd o dan y cynfasau byddai'n gorfod siglo llaw â tedi gyda'i law dde a'i law chwith a hithau gyda'i llaw dde a'i llaw chwith cyn dweud 'nos-da' wrtho chwe gwaith yn union. Golygai hynny y byddai Mam yn dal yno yn y bore. Ac yn wir i chi, fe weithiodd. Aeth hyn ymlaen nes bod Mariella'n bymtheg oed. Yna, am ryw reswm, dechreuodd pethau eraill 'i difyrru ac anghofiodd am y tedi.

*   *   *

Crafodd Marco'r papur â'i fys. Ach, ro'dd y chwys ar 'i dalcen yn mynd ar 'i nerfau. Yn 'i gosi. Ro'dd 'i wallt du'n wallgo am 'i ben. Agorodd fotwm 'i grys yn y gwres a cheisiodd sgwennu'i linell ola'. Efallai nad o'dd y sillafu'n berffaith gywir ganddo bob tro ond ar y cyfan, byddai'i gerddi'n llifo.

Portread peintiwr ohoni

Ysbiais arni, arnofiais
don ei siâp hi a rhoddais
farciau du, ei hargraff hi
yn blicion tatws ar
bapur gwynach na'i chroen hi.

Seibiais, ac olion inc
fy modio ffôl ar ddarlun.
a cherfio gwamal, manylu
er bod mil o fannau mân
na fedrwn i'n fy myw
gyfleu ar ganfas.
Harn y gof yn gyfleth
ac mae hi'n gaeth mewn inc.

Eisteddodd yn ôl a phwyso ar fonyn y goeden. Gwyddai 'i bod hi'n gerdd dda, 'i bod hi'n cydio. Cododd hi a'i darllen gyda'r haul y tu ôl iddi. Rhwygodd hi'n dri darn a'u gosod yn yr haul i sychu'n grimp. Ro'dd e'n teimlo'n well ar ôl ca'l dweud 'i farn a cha'l gwared ar 'i egni. Ro'dd e'n gwbod yn iawn fod yn rhaid iddo fe fynd i'w gweld hi. Roedd 'i cholli hi fel colli saws pasta o'r sosban, a thros bob man. Ro'dd 'i cholli hi wedi'i wneud e'n isel, isel iawn. Fasai Marco byth bythoedd yn lladd 'i hunan, do'dd hynny ddim yn 'i natur. O, ro'dd yn 'i natur i fecso am farwolaeth. Ro'dd e'n becso ac yn meddwl cymaint am sut y byddai'n marw fel na fyddai, byth bythoedd, yn ystyried lladd 'i hun. Pa mor rhagweladwy fyddai hynny? I rywun o'dd wedi dyfalu ar hyd 'i oes sut y byddai'n marw. Serch hynny, ro'dd e wedi dechrau meddwl yn ddiweddar pa mor addas fyddai crogi, neu dorri'i hun a gorwedd mewn bath. Neu lwgu'i hunan i farwolaeth, neu gymryd gor-ddôs o dabledi. Neu losgi'i hunan. O'dd, ro'dd e wedi 'styried y peth. Ac wedi 'styried yn ddwys hefyd. Wedi meddwl am 'i angladd. Faint fyddai yno, ac a fyddai Mariella yn eu plith? Hyn a'r llall. Mae'n debyg fod pawb yn gwneud yr un peth ar adegau.

*   *   *

O'dd, ro'dd pob dim ar y troli a'r car estron wedi'i roi'n ôl yn saff i'r gŵr golygus. A dyna ni. Wythnos o haul a syllu ar y bryniau am ysbrydoliaeth wedi dod i ben. Wel, am boring! Cerddodd Mrs Blanche fel brenhines tuag at giw o bobl o'dd am fynd ar yr un awyren â hi. 'Dratia,' meddai hi wrth 'i hun. Do'dd hi ddim wedi tynnu hanner cymaint o luniau ag yr hoffai fod wedi gwneud. Tasai hi wedi dod ar 'i phen 'i hun byddai wedi llwyddo i dynnu llawer mwy ohonyn nhw. Roedd bai arni mae'n siŵr. Bai arni am fod mor fyrbwyll â chaniatáu i Anest Gwyn ddod gyda hi i'w pharadwys hoff. A do'dd y gnawes ddim wedi ei werthfawrogi hanner cymaint ag y dylai, nac oedd? Na. Roedd hi'n ferch anniolchgar. Waeth iddi fod wedi bod yn Llandudno ddim. Ond, wedi dweud hynny, ro'dd hi'n braf iawn clywed 'i bod hi 'wedi penderfynu teithio Ewrop er mwyn cael dianc rhag diflastod 'i bywyd yng Nghymru'. Fedrai

Mrs Blanche ddim help ond gwenu a gwneud sŵn chwerthin ysgafn yng nghefn 'i gwddf. Pwy fyddai'n gallu profi dim?

Erbyn hyn ro'dd hi ar flaen y rhes ac ar fin rhoi'i thocynnau i'r ddynes y tu ôl i'r cownter. Dynes â lipstic coch llachar ar 'i gwefusau. Sylwodd yn gyflym 'i bod hi'n dal tocyn Anest Gwyn hefyd. Wnaeth hi ddim cochi, wnaeth hi ddim symud amrant, dim ond 'i wthio'n araf i'w phoced. Gwenodd y ddynes arni a'i dannedd gwyn hi'n sgleinio fel teils. 'Am ddynes smart am 'i hoed,' meddyliodd y ddynes am Mrs Blanche. 'Gormod o golur,' meddyliodd Mrs Blanche am y ferch. Cyn iddi fynd i eistedd, gofynnodd i'r ddynes hedfan a fyddai modd iddi fynd â dau fag llaw ar yr awyren. Wrth i'r ddynes agor 'i cheg, sylwodd Mrs Blanche fod rhywbeth o'i le. Sythodd a syllu ar y ddynes hedfan. Yn lle ateb yn ôl yn serchus agorodd hi 'i cheg – yn fwy llydan eto. Hedfanodd pilipala gwyn o gefn 'i gwddwg. Stryffaglodd ger 'i gwefusau ond llwyddodd i ymryddhau o'i gongl cyn hedfan hyd y maes awyr â'i adenydd llachar. Edrychodd Mrs Blanche o'i hamgylch i weld a oedd unrhyw un arall wedi sylwi ar yr hyn o'dd newydd ddigwydd. Edrychodd yn ôl ar y ddynes hedfan, hithau'n gwenu fel giât. O 'ma, reit handi, meddyliodd Mrs Blanche.

Symudodd drwy gannoedd o fagiau a choesau a'i chot ffwr ddrud yn rhedeg yn llyfn dros freichiau noeth y teithwyr eraill. Gwnâi'r got iddi chwysu'n ofnadwy, ond hitiwch befo am hynny. Yna, dyma

176

ddod o hyd i cornel dawel. Ers iddi gyrraedd y maes awyr, ro'dd hi wedi ysu am y cyfle i edrych ar yr awyrennau'n codi fel origami papur. Gwnaeth hyn am ychydig cyn laru. Estynnodd am lyfr a dechrau darllen. Llygadodd y dudalen yn frysiog cyn dechrau canolbwyntio, ond do'dd hi ddim yn gallu. Edrychodd drwy'r ffenest ar awyren yn glanio fel crëyr ar y concrit. Daliodd 'i hadlewyrchiad yn y ffenestr enfawr. Iesgob, ro'dd hi'n edrych yn hagr, yn hŷn rywsut. Penderfynodd y byddai hi'n darllen eto am bod 'i hadlewyrchiad hi yn mynnu neidio'n ôl i'w gwawdio pe edrychai hi ar yr awyrennau. Darllenodd straeon Ofydd a gyfieithwyd o'r Lladin. Am ryw reswm trodd Mrs Blanche i dudalennau canol y llyfr gan daro ar hanes 'Echo a Narcissus'. Dyma hi'n byseddu'r ddalen gan lyncu'r geirie un ar ôl y llall. Ro'dd hi'n benderfynol 'i bod hi'n mynd i anghofio pwy o'dd hi am eiliad neu ddau. Ca'l hoe. Cyn pen dim, ro'dd hi mewn byd o ffantasi, mewn coedwig hudol a changhennau cnotiog ym mhob man. Ro'dd hi'n blentyn bach unwaith eto, yng nghôl 'i mam. Ro'dd hi'n amser stori.

Ganwyd mab i Liriope, nymff pryd tywyll y ffynnon. Ro'dd y mab mor brydferth fel 'i fod yn torri calonnau, hyd yn oed yn 'i grud, yn faban bach wedi'i lapio mewn cwsg. Rhoddwyd yr enw Narcissus arno. Roedd y si a'r sôn yn dew ar hyd yr ardal fod y dyn yn rhy hardd i fyw. 'Na,' meddai Tiresias, o'dd yn adrodd yr hanes un dydd, 'bydd yn byw oni wêl 'i adlewyrchiad 'i hun.'

Tyfodd y mab yn llanc heini a bu 'i hanes yn drwch ar hyd y trefi a'r coedwigoedd. Am ryw reswm, er bod pawb yn 'i garu doedd gan neb yr hyder i siarad ag e, heb sôn am 'i gyffwrdd.

Un diwrnod, ro'dd y glaslanc yn prancio dros y mynydd, wrthi'n hela ac yn lladd ceirw. Dyna pryd y gwelodd Echo ef. Echo, na all ddewis siarad heblaw bod rhywun arall yn penderfynu siarad. Echo, na all siarad oni bai bod rhywun arall yn parablu. Echo, sydd wastad yn ateb yn ôl. O'r eiliad gyntaf iddi weld Narcissus cwympodd dros ei phen a'i chlustiau mewn gwewyr drosto. Dilynodd hi Narcissus am ddiwrnodau ar y tro gan syllu ar 'i wyneb mewn manylder. Doedd dim ffordd ganddi o gyfathrebu'i hangerdd oni byddai ef 'i hun yn siarad. Trwy lwc i Echo, aeth Narcissus ar goll un dydd ar y mynydd; collodd 'i gyfeillion hela.

Gwaeddodd. 'Ble rŷch chi?' . . . pesychodd . . . 'Dwi yma!'

'Dwi yma! Dwi yma!' Daliodd Echo ar bob un gair.

'Fe wna i aros. Dewch ata i!' Edrychodd yn wyllt o'i amgylch.

'Dewch ata i, dewch ata i, ata i, ata i . . .'

'Arhosa yn y fan yna,' meddai Narcissus.

'Arhosa yn y fan yna . . .' ynganodd Echo.

'Dere, dere, dere!' gwaeddodd Narcissus fel gwyllgi.

'Dere, dere, dere . . .!'

Datgelodd Echo 'i chorff. Ffieiddiodd Narcissus:

'Byddai'n well gen i farw na'th gyffwrdd di.'

Ymdoddodd Echo yn 'i galar affwysol gan udo a lapio'i breichiau'n dynnach am 'i choesau. Cwympodd i'r mwsogl a throi'n ddarn o graig.

Gwelodd dyn yn y coed yr hyn a wnaeth Narcissus a chywilyddiodd.

'Dylai'r gŵr hwn ddioddef yn yr un modd ag y gwnaeth Echo ddioddef,' meddai.

Clywodd y duw Nemesis weddi'r gŵr a'i ateb.

Crëwyd pwll o ddŵr clir lle nad o'dd defaid na gwartheg wedi yfed ohono. Nid o'dd un aderyn erioed wedi chwarae yn y dŵr hwn, ac er bod coeden fawr yn cawrio drosto nid o'dd cangen wedi cwympo a gorwedd yn y dŵr erioed.

Un tro, ac yntau'n flinedig ar ôl hela a'r haul crasboeth yn llosgi'i war, gwelodd Narcissus y pwll dŵr o gornel 'i lygaid a rhedeg tuag ato. Cwpanodd 'i ddwylo ac estyn am ddiferyn o ddŵr oer i dorri syched. Wrth iddo yfed, llanwodd 'i gorff â rhyw syched o'r newydd. Syllodd ar 'i adlewyrchiad. Ni allai gredu bod wyneb mor berffaith yn syllu'n ôl arno. Ceisiodd gofleidio'r llanc yn y dŵr ond ceryddodd y dŵr ef. Ceisiodd gusanu'r dŵr a chwarae gêmau ag ef 'i hun. Symudodd e ddim am ddyddiau. Do'dd e ddim yn dymuno bwyta na chysgu na gwneud dim heblaw gorwedd a syllu ar y glaslanc yn y dŵr.

> Ni bu erioed gariad
> mor greulon ag y mae hwn i mi.
> A fu erioed gariad
> mor ddiffrwyth â f'un i?
> Does dim moroedd
> na mynyddoedd rhyngom,
> dim – ond croen y dŵr.

Dechreuodd wylo dagrau fel wylo carrai i'r pwll gan gymylu'r dŵr. Rhwygodd 'i grys oddi amdano ac wylo o'r newydd. Dechreuodd doddi i'r tir a theimlo ing cenedlaethau o dor-calon yn 'i frest. Daeth pawb o bob tir i syllu arno rhwng canghennau'r coed euraidd.

Trodd y llanc prydferthaf erioed yn flodyn tal â'i lygad yn felyn fel melynwy.

179

Taflodd Mrs Blanche 'i gwallt yn ôl a thynnu'i bysedd dros 'i llygaid a o'dd yn boddi â dagrau. Dechreuodd grio yng nghanol y maes awyr. Llefain dros Narcissus, llefain dros 'i adlewyrchiad, llefain dros 'i hadlewyrchiad hi yn ffenestr enfawr y maes awyr a llefain dros Anest.

'Biti drosto, biti dros Narcissus,' meddai. Do'dd hi erioed wedi darllen stori oedd wedi'i hysgwyd hi gymaint er 'i bod hi'n gyfarwydd â'r stori ers talwm. Berwodd llais Nina Simone yn 'i chlustiau, 'The other woman finds time to manicure her nails'. Wrth i'r mascara sgrialu dros 'i gwefusau llanwyd 'i cheg â phoer. Sylwodd hi ddim ar y tair awyren oedd wedi esgyn ers iddi ddechrau darllen. Sylwodd hi ddim chwaith ar y ddynes ifanc o'dd wedi dod i eistedd wrth 'i hymyl. Roedd 'i gwallt du hi'n donnau o gyrls ysgafn dros 'i hysgwyddau. Ro'dd brychni haul tywyll dros 'i hwyneb ym mhob man. Ro'dd un brycheuyn tywyllach na'r lleill ar flaen 'i thrwyn. Ysai Mrs Blanche am ga'l crafu'r trwyn a rhyddhau'r brycheuyn i'r awyr.

'Ry'ch chi'n drist,' sibrydodd y ddynes wrthi.

Siglodd Mrs Blanche 'i phen gan geisio edrych yn fwy parchus. 'Sut oeddech chi'n gwybod nad oeddwn i'n siarad Eidaleg?' gofynnodd yn sarhaus.

Cosodd hyn y ferch.

''Da chi'n amlwg yn estron, Mrs, a dwi'n hoff o ymarfer fy Saesneg!'

'O? Pam felly?' Caeodd Mrs Blanche y llyfr gan esgus bod ganddi ddiddordeb.

'Ai'r llyfr wnaeth i chi grio?' Estynnodd Clara, y

ferch Eidalaidd, am y llyfr ond cipiwyd ef o'i bachau gan Mrs Blanche.

'Na, na, dim byd.'

'Wedi ffarwelio â rhywun ydach chi, ie?'

'Ie,' gwenodd Mrs Blanche, 'mewn ffordd.'

'Awdures ydw i,' meddai Clara.

'Reit,' meddai Mrs Blanche yn hesb. Yna, agorodd 'i llygaid led y pen. 'Reit!' meddai eto, 'a pham ydych chi yn y fan hyn? Mynd i . . .?'

'Na,' rhoddodd Clara'i bysedd yn 'i cheg a'u cnoi cyn edrych ar Mrs Blanche fel pe byddai'n gweld yr eglurhad yn orffwyll, 'dod yma ydw i i chwilio am ysbrydoliaeth ac, ers i'r cariad adael . . . wel, dwi'n . . .'

Gollyngodd pob cyhyr yn 'i hwyneb. Sut o'dd gan Mrs Blanche y gallu i wneud i bobl ymlacio wrth siarad â hi? Do'dd hi ddim yn gwneud hyn yn fwriadol. Synnai hi'i hun ar adegau. Serch 'ny, bachodd ar y cyfle.

'Mi wn i'n iawn. Gwn yn iawn hefyd am ffordd o leddfu'ch poen.'

'Ie?' Mor naïf, mor barod i dderbyn cyngor.

'Gwrandewch ar Billie Holiday ac ar . . . wel, ar jazz.'

Plygodd Clara'i phen i'r chwith mewn penbleth a chyffro.

'Ie, galla i weld eich bod chi . . .?

'Clara.'

'Clara, o'r un brethyn â mi, ac rydych chi mewn gwewyr, yn hiraethu . . .'

Ro'dd Clara'n methu credu bod y ddynes yn ei

deall mor dda, er mai hi o'dd wedi dadlennu hyn i gyd i'w ffrind newydd mewn gwirionedd.

'Gwrandewch, Clara . . .' Edrychai Mrs Blanche mor osgeiddig ac mor fenywaidd. Chwaraeai â'i modrwyau ar 'i dwylo gwythiennog a daeth rhyw liw coch, iach i'w bochau. 'Dewch gyda mi ar wyliau byr i'm gwlad enedigol. Byddwch wedi mendio'n llwyr ar ôl hynny.'

Llyncodd Clara'i phoer a dechreuodd chwarae â'i chlustdlws arian hir a siglai fel siglen o'i chlust dde. Curai 'i chalon a syllodd i fyw llygaid Mrs Blanche. A ellid ymddiried yn hon? Gellid; rywsut ro'dd yna deimlad mamol ynglŷn â hi. Gwenodd Clara.

'Pam fi?'

'Pam lai?'

Syllodd Mrs Blanche i fyw llygaid 'i phartner newydd.

'Dwi'n weddw drist sy'n prynu dillad crand ac heb unman i fynd o ddydd i ddydd. Collais fy ngŵr, Albert, rai blynyddoedd yn ôl. Jazz a fi – dyna sgen i i'w gynnig.'

Gafaelodd yn llaw Clara. 'Clara, rwy'n cynnig y cyfle i chi. Fe brynaf i docyn i chi. Oes gyda chi basbort?'

'Dwi'n cario fy mhasbort i bob man. *Jest* rhag ofn!'

Chwarddodd y ddwy.

Gwenodd Clara'n betrus. Cyfle i ysgrifennu, meddyliodd. Cyfle i Lorenzo boeni o ddifri amdani, a chyfle euraidd iddo sylweddoli maint 'i golled.

'Diolch i chi . . .' Chwarddodd. 'Dwi ddim hyd yn

o'd yn gwybod eich enw chi a dwi'n cytuno i ddod ar wyliau gyda chi!'

Chwarddodd y ddwy.

'Ac felly, Clara, dwi'n falch iawn o'ch gwahodd yn swyddogol i Gymru. Lle mae'r tir fel môr a'r gwyrddni fel llygaid y ddynes arall.'

'Y ddynes arall?'

Ffwndrodd Mrs Blanche am iddi ddrysu ei chyfeilles.

'Peidiwch â phoeni. Byddwn ni'n gwmni grêt gyda'n gilydd. Yn barti o bobl.'

'Sori, dwi ddim yn deall. Yn barti o bobl?'

'O peidiwch â phoeni!'

Ro'dd Mrs Blanche yn golygu yn union beth ddywedodd hi. Er mai dim ond dwy fyddai'n teithio gyda'i gilydd yn ôl i Gymru, roedd o leia chwe pherson yno. Mrs Blanche a'r hyn ro'dd hi'n 'i feddwl amdani hi'i hunan, Clara a'r hyn ro'dd hi'n 'i feddwl amdani hi'i hunan, yr hyn ro'dd Clara yn 'i feddwl am Mrs Blanche, yr hyn ro'dd Mrs Blanche yn 'i feddwl am Clara, yr hyn ro'dd Mrs Blanche yn 'i feddwl ro'dd Clara'n 'i feddwl amdani a'r hyn ro'dd Clara yn 'i feddwl ro'dd Mrs Blanche yn 'i feddwl amdani hi. Digon i lenwi stafell, felly.

Cododd yr awyrennau fel adar gwyn gan saethu i bob cyfeiriad o'u hamgylch. Gwenodd y ddwy ar 'i gilydd.

14

. . . ac ro'dd y prynhawn yn dal yn ferw gwyllt.
Tywalltai'r haul dros Toscana fel mêl dros ddarn o
dost. Do, bu'r awel yn gyndyn o ddod i Buon
Torrentóri, ond fe ddaeth. O'r diwedd. Bron fel 'tai'n
dod â rhywbeth gyda hi. Eisteddai Mariella fel delw
ar 'i gwely â'i bag wrth 'i hochr. Yn 'i dwylo ro'dd
llythyr tila o eglurhad i Marco. Egluro 'i bod hi'n
mynd, egluro nad o'dd hi am ddod yn 'i hôl. Erfyn
wedyn iddo beidio cysylltu gyda hi. Er lles y ddau
ohonyn nhw.

Y peth anodda ynghylch yr holl beth o'dd 'i bod
hi'n gwbl sicr y bore 'ma, serch y pilipala o'dd yn
fflapio yn 'i bola, 'i bod hi'n gwneud y peth iawn.
A beth yn union o'dd wedi cau pen y mwdwl?
Un freuddwyd arian. Neithiwr, ro'dd hi wedi
breuddwydio am bethe swreal. Am ferch ifanc bryd
golau a gerfiodd stori Mariella gyda chyllell ar hyd
trên arian. Ac am stori wachul. Ro'dd y stori yno i
gyd, 'i gorffennol hi, 'i nawr hi a'i dyfodol hi. Yn y
freuddwyd, ro'dd pobl Buon Torrentóri yn ymlwybro
at y trên, yn ca'l dilyn 'i hyd e, o'r caban cyntaf hyd
yr olaf, gan ddarllen 'i stori drist hi. Wedi iddi
ddeffro â chwys ar 'i gwar, do'dd dim dewis mewn
gwirionedd. Ro'dd yn rhaid mynd. Ro'dd 'i chorff hi
wedi dweud wrthi bod angen mynd. Ro'dd 'i chorff
wedi esgor ar weledigaeth o'r hyn allai fod pe na bai
hi'n newid cwys 'i stori. Do'dd hi'n methu helpu
teimlo rhyw sicrwydd yn nwfn 'i bola 'i bod yn
gwneud y peth iawn, fel 'tai hi wedi bwyta darn o

fara da. Dyma hi'n gafael yn y bag a'r llythyr ac yn cerdded o'r stafell, i lawr y grisiau tua'r gegin.

Yno, ro'dd Isolde yn eistedd a'i chefn tuag ati. Yn gwisgo du, fel arfer. Ro'dd Mariella'n teimlo'n sâl. Yn teimlo'n sâl o weld 'i mam yn gwneud yr un hen beth, yn gwisgo du, yn teimlo'n flin drosti hi'i hunan. Flwyddyn ar ôl blwyddyn. Do'dd hi ddim yn becso am adael 'i mam. Do'dd hi ddim yn bosibl iddi fod yn fwy prudd beth bynnag. O gornel 'i llygaid, gallai Mariella weld pilipala'n troelli'n wyllt o amgylch y gegin. Cegin oer a thywyll o'dd hi, hyd yn oed â gwres yn bygwth ganol bore. Ar wahân i'r glöyn, ro'dd pob dim yn stond. Yn gyfan gwbl stond. Wrth iddi sefyll yno, heb sŵn cerddoriaeth yn canu, heb sŵn parablu ar y radio, dyma hi'n dechrau hel meddyliau. Meddwl am farwolaeth a chyrff wedi'u sodro'n dynn o dan y ddaear. Meddwl am fethu anadlu a meddwl am beidio â bod. Beth fyddai'n digwydd wedi peidio â bod?

'Mama, mae'n bryd i fi . . . mae'n bryd i fi adel.'

'Ydy, mae'n debyg. Ac rwyt ti'n siŵr nad wyt ti am i fi ddod gyda ti i'r orsaf?'

'Ydw, Mama. Beth bynnag, mae'n rhaid i chi fynd i lanhau Casa Toscana.'

'O's, ti sy'n iawn,' atebodd yn brudd. Cododd Isolde yn araf o'i chadair. Nid bod yn ddramatig o'dd hi – do'dd 'i phwysau hi ddim yn caniatáu iddi godi'n gynt. Roedd Isolde hefyd wedi gweld y pilipala o'dd yn chwyrlïo mewn cornel. Daliodd y cnonyn hedfanog a'i ollwng yn rhydd drwy'r llenni lês. Crynodd y gwyfyn wrth weld yr haul cyn hedfan ar hyd rhyw edefyn anweledig yn yr awyr. Yn rhydd o'r diwedd. 'Ach! Ych! Dwi'n casáu'r blincin pethe 'na! Ych!' Llifodd haul y prynhawn fel golau theatr a tharo Mariella. Caeodd hi 'i llygaid. Do'dd yr olygfa ddim yn ffilmig. Y gwir o'dd fod Isolde yn ysu am gael mynd i'r tŷ bach a'i phledren bron iawn â gwneud fel y mynnai ar hyd llawr y gegin. Do'dd yr olygfa ddim yn annwyl, do'dd y ddwy ddim yn deall y naill a'r llall. Ta waeth, do'dd Mariella ddim am hel meddyliau eto. Ro'dd amser mynd at yr orsaf yn ymddangos mor bell i ffwrdd yn yr aer trwm. Nid fod y gegin yn gynnes o gwbl, ond ro'dd bodoli'n ymddangos yn strach yn y tywydd hyn. Yn eich blino chi.

'Cofia di gysylltu, felly, yn syth bìn.'

'Syth bìn,' ailadroddodd Mariella.

Wrth gwrs, ro'dd yn rhaid i Isolde or-bwysleisio'r geiriau gan fwrw'i dwrn ar y bwrdd, 'Yn syth bìn ferch'. Heb fod yn emosiynol, symudodd Mariella'n simsan a phlannu cusan wlyb ar foch 'i mam (nad o'dd yn fam go-iawn iddi). Ar ôl ymbalfalu yn 'i phoced am 'chydig, estynnodd Isolde groes ar fwclis rosari a'i rhoi i'w merch. Cynigiodd Mariella amlen o liw hufen i'w mam.

'Wnewch chi roi hwn i Marco, *os* bydd e'n galw?'

Cytunodd Isolde, gan grychu'i thalcen yn hyll wrth glywed enw'r gwalch. Do'dd hi ddim *am* roi dim byd iddo, ond ro'dd hi'n gwybod y byddai'n well iddi hi drosglwyddo'r llythyr na bod Mariella'n gorfod gwneud. Mor ddiseremoni â 'ny, a'th Mariella o'r tŷ yn cario 'i bag. Edrychodd y ddwy ddim ar 'i gilydd wedi hyn.

Cerddodd Mariella drwy Buon Torrentóri yn y gwres gan edrych ar yr holl lefydd lle'r o'dd hi wedi chwarae yn blentyn. A dweud y gwir, do'dd hi ddim yn drist iawn wrth adael. Do'dd neb ar 'i chyfyl hi ar y fath awr. Pawb yn cuddio rhag yr haul. Ro'dd hi'n teimlo 'i bod hi mewn breuddwyd ryfedd arall. Ac ro'dd hi'n dal i feddwl am farwolaeth hefyd, er nad o'dd hi'n deall pam. Yn dychmygu y byddai'r trên mewn damwain a hithau'n ca'l 'i gwasgu mewn cawell o fetel.

Ych, ro'dd 'i gwallt hi'n cosi; ro'dd llwch yn gymysg â'i gwallt hi a'i gwreiddiau'n crafu-crafu. Taith fwyaf unig 'i bywyd o'dd y daith honno ar y diwrnod hwnnw, er iddi fod ganwaith ar 'i phen 'i hun wedi hynny. Ar deithiau i drefi a phentrefi pellennig. Safodd yn yr orsaf gan aros yn anniddig i'r trên gyrraedd. Deng munud arall. Anadlodd yn ddwfn ac eistedd ar 'i bag. Do'dd hyn ddim yn teimlo fel ro'dd hi wedi'i ddychmygu. A do'dd e'n sicr ddim fel ffilm. Do'dd neb yn becso mo'r dam amdani'n gadael. Ro'dd hi ar 'i phen 'i hunan (ac wedi dewis mai fel'na fydde hi). Do'dd hi ddim yn moyn ffys.

Yr hyn nad o'dd Mariella wedi deall o'dd bod 'i mam hi'i hun wedi bod ar yr union daith hon ugain mlynedd a mwy yn ôl. Chwip amser fel sgorpion yn mynnu ca'l y gore ar bawb.

Ar ochr arall y pentre, cerddodd Marco â'i fag ar 'i gefn tuag at gartref Mariella. Ro'dd e am geisio gwneud yn iawn am yr holl bethau ro'dd e wedi'u dweud. Am drio gweld os o'dd modd newid pethe.

Gallai Isolde glywed rhywun yn cnocio ar y drws. Ro'dd hi'n gwybod. Yn gwybod y byddai Mariella'n newid 'i meddwl. Gwenodd iddi'i hun (er iddi deimlo'n euog am deimlo hapusrwydd a hithe wedi colli'i gŵr, Giuseppe Carboli) ac aeth ati i godi'r glicied. Marco o'dd 'na, yn chwys diferu. Ddywedodd Isolde 'run gair. O'dd, ro'dd hi'n falch iawn 'i fod e'n rhy hwyr i weld Mariella. Er lles pawb, wrth gwrs. Ro'dd hi'n grac gydag e hefyd. Ro'dd hi wedi disgwyl gweld 'i merch yn sefyll yn y drws yr eiliad honno. Llwyddodd hi felly i drosglwyddo pob teimlad o siom a dicter o'dd ganddi ynghylch hynny hefyd. Ro'dd hi'n 'i gasáu fe'n fwy nag erio'd. Oni bai amdano fe, byddai Mariella yno nawr. Felly, penderfynodd syllu arno am yn hir cyn gwneud dim. Byddai hynny'n sicrhau na allai Marco gyrraedd yr orsaf mewn pryd i ga'l gweld Mariella. O'dd, ro'dd 'i hawydd i ddial ar Marco yn fwy na'r ysfa i gadw Mariella yn y pentre.

Ac yna, dyma rhywbeth yn digwydd. Hwyrach mai dyma'r unig deimlad gwirioneddol Gristnogol gafodd Isolde erioed. Ro'dd hi'n gwybod yn iawn mai'r peth gore i Mariella o'dd 'i bod hi'n cael dianc o'r pentre (er nad o'dd hi'n gwybod pam ro'dd hi'n teimlo hyn). Dyna pam ro'dd hi'n 'i gadw fe'n sefyll yn hir. Nid oherwydd 'i dialedd tuag ato fe, ond oherwydd 'i chariad tuag at Mariella. Ro'dd digon o amser wedi pasio nawr, siŵr iawn. Siglodd 'i phen ac estyn yr amlen o'i ffedog ddu. Caeodd y drws yn glep yn 'i wyneb.

Safodd Marco yno ar y rhiniog gan syllu ar yr

amlen. Beth o'dd hyn i fod i feddwl? Agorodd hi'n fysedd i gyd a darllen. Sobrodd. Da'th lwmpyn i'w wddf a dyma ddechrau curo ar y drws eto. Fel ffŵl. Gwelodd y ddynes drws nesa Marco yn curo fel dyn gwyllt. Jiw jiw! Da'th Isolde ymhen amser i ateb y drws. Ro'dd hyn yn beth da, ro'dd hi'n gwastraffu amser ac yn sicrhau na fyddai Marco yn gweld Mariella eto.

'Dewch gyda fi, fenyw. At y trên! At y trên!'

Am ryw reswm llethwyd hi â hiraeth a cholled a dicter. Do'dd hi ddim yn siŵr bellach beth o'dd 'i thacteg hi. Do'dd hi ddim yn gwybod beth i wneud. Ro'dd hi wedi ca'l 'i thwyllo gan Marco, am 'i bod hi am weld 'i merch eto. Ac eto, ro'dd hi'n gwybod y byddai llai o siawns i'r ddau gyrraedd Mariella mewn pryd pe bai hi'n mynd gydag e. Am gymysgwch o floneg ac emosiwn! Camodd i'r stryd a chau'r drws. Rhedodd y ddau yn gloff, gyda'i gilydd (ond ar wahân), drwy Buon Torrentóri. Anadlai Marco'n herciog a gwallt 'i war yn sefyll fel dynion ar flaenau 'u traed. Llifai rhyw chwys oer i lawr 'u cefnau nhw. Do'dd Isolde erioed wedi gwneud ymarfer tebyg.

Llygadodd Mariella'r trên ac aros yn ufudd nes iddo stopio yn 'i unfan. Dringodd i mewn gan dynnu'i bag ar ei hôl a gwenu'n gloff ar y gyrrwr. Dyma eistedd mewn sêt frown gan syllu ar yr orsaf. Dim smic, dim sôn am neb. Llethwyd hi â siom. Ro'dd hi'n meddwl o leia y bydde Marco 'di clywed amdani'n gadael ac wedi dod ar 'i hôl hi i'r orsaf. Ond na, dim shwd lwc. A beth bynnag, meddyliodd wrth fyseddu cledr 'i llaw, mewn ffilm y bydde rhywbeth felly'n digwydd, nid go-iawn, a doedd hi ddim hyd yn oed yn siŵr mai dyna roedd hi ei eisiau beth bynnag. Chwibanodd y gyrrwr a dechreuodd y trên dagu ei ffordd o Buon Torrentóri. Syllodd â'i llygaid yn sych ar 'i phentref yn symud am yn ôl. Yn sydyn, dechreuodd y trên symud ag arddeliad. Eisteddodd Mariella'n ôl yn 'i sêt â'i hwyneb yn wynebu Firenze. Wrth iddi eistedd yno ac arogl hen drên yn diferu o bob man, da'th o rywle yn hŷn na hi ryw awel ysgafn rhwng 'i choese. Sylweddolodd hi ddim am ddau fis arall fod y pilipala o'dd yn troi yn 'i bol yn prysur droi'n fywyd newydd

Erbyn i'r ddau chwyslyd, Marco ac Isolde, gyrraedd yr orsaf ro'dd y trên bron iawn o'r golwg a llwch y wlad yn hedfan o le i le ar 'i ôl e. Yn 'i guddio bron iawn. Ro'dd Isolde allan o wynt yn llwyr, a dechreuodd grio fel baban am y plentyn na chafodd hi roi genedigaeth iddi. Syllai llygaid brown Marco yn wlithog yn y gwres. Wrth iddo sylweddoli fod Mariella 'di mynd llifodd dagrau poeth o gorneli'i lygaid.

Safodd y ddau ar wahân mewn byd o ddagrau a llwch. Oherwydd unigedd yn unig y digwyddodd yr hyn ddaeth nesa. Cerddodd Marco at Isolde. Dechreuodd y ddau afael yn 'i gilydd ac wylo fel 'tai'n glawio yn yr orsaf. Ro'dd Marco'n teimlo fel 'tai'n methu anadlu, a chwympodd ar 'i liniau i'r llwch. Gafaelodd dwylo crimp Isolde yn 'i ben a'i fwytho a thynnu'i wallt du. Crio am golli cariad ro'dd Marco, 'i unig gariad (a darogan o'dd e hefyd, achos chafodd e ddim cariad na gwraig wedi hynny).

Wylo dros 'i gŵr ro'dd Isolde, dros golli Giuseppe. Am eiliad fechan, dychmygodd hi mai Giuseppe oedd y pen yn 'i dwylo. Mwythodd ef a galaru'n ddyfnach. A digwyddodd hyn i gyd yn yr haul. Wylodd Marco eto wedyn am y dyfodol a syllodd yn wag tuag at Firenze. Hyn i gyd ar ddiwrnod di-nod yn Nhoscana, a neb arall yn malio botwm corn am yr hyn o'dd newydd ddigwydd. Ond wrth gwrs, ro'dd un person wedi llwyddo i ddilyn y cyfan. Piccolomini, wrth iddo gysgodi yn adeilad yr orsaf ar 'i awr ginio. Wel, am hanes, meddyliodd.

Wrth i Isolde a Marco sefyll fel delwau yn y gwres coch, daeth awel o unman ac, yn nofio arni, chwe philipala amryliw. Cyn pen dim roedden nhw hefyd ar eu taith. Gogleisiodd yr awel walltiau Marco ac Isolde cyn llifo fel ruban drwy Buon Torrentóri ac o amgylch y bryniau a thrwy bob twll a chornel. Cariodd yr awel yr hanes at bawb, fel plentyn bach drwg. A gwnaeth Piccolomini hynny hefyd.

Hoffwn ddiolch i'r canlynol am eu cymorth a'u cefnogaeth wrth i mi weithio ar y nofel: Mam am adrodd straeon, Dad am bob cyngor, Esyllt a'r teulu cyfan, Nain, Mam-gu a Tad-cu, criw'r Dyffryn, Schmikes a'r teulu, teulu Catrin H, Ler a'r teulu, Gles, Jenks a Joni, Bethan Mair, Owen Martell, yr Athro John Rowlands, DML a'r Senedd, Eira Gaunt, Mair, Tweli a phawb, Esyllt Williams am dynnu fy llun, Gwen, Men a Rhys, Nest, Pec a Carys, Mari a Fflur, Adam a Rhodri a phawb yn y swyddfa, yr Academi am ysgoloriaeth i awduron, Rig, Iws a Nei ac mae'r diolch mwyaf i Hywel a Maj.